TIGER×DRAGON 6!

竹宮ゆゆこ

插畫◎ヤス

看來閒閒沒事幹的２年Ｃ班同學，
如果當上學生會長，
有沒有什麼想做的事呢？ Q

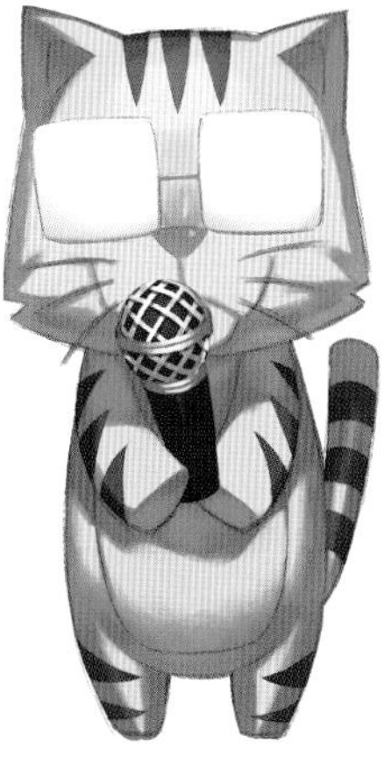

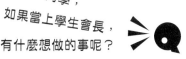

「誰閒閒沒事幹啦？我可是忙著清理窗台溝裡的灰塵。
可惡，每次打開窗子，校園裡的沙塵就會跑進來……
如果當上學生會長，我會每人發一支高須棒，
管他是不是課堂間的下課時間，
發現髒汙就要立刻擦乾淨。
全校學生365天24小時
都是衛生股長！」
高須竜兒
你還真愛乾淨啊。喔～～這就是高須棒啊……
「喂，你不要亂摸啊。
我可是每次用完都
小心清洗、反覆使用，
直到消磨殆盡為止。」

逢坂大河
「學生……會長……？」
抱歉吵醒妳了，請繼續睡吧。
「生……腸……？」

櫛枝実乃梨
「呀——果然還是這個好用。
你剛才說什麼？學生會長？」
是的，如何？有沒有什麼抱負啊？
Q
「有——有有有。老伯我啊，
首先希望推動自由穿著運動服上下學。
還有社團教室那棟大樓，最近實在愈來愈臭，
我要向學校申請改建。
遠遠看去，還能夠看到散發的臭氣就像彩霞一樣。
前陣子排球社的女生在廁所裡被竈馬困住，
還引起了大騷動……唔喔！
痛……痛痛痛——！
唔喔喔！高須棒直達耳朵深處——！
讓我櫛枝不禁齜牙咧嘴！」

川嶋亞美
「……嗯……這樣吧……唔……嗯……
嘿！終於完成了～～！
你看你看～我試著挑戰指甲彩繪，畫得還不錯吧？
超～～麻煩的，沒想到真的辦到了！
啊，這地方稍微修一下比較好吧？
……輕——輕地……輕——輕地……」
請問有聽到我的問題嗎？如果妳當上學生會長……
「怎麼啦……？
呀啊啊啊亞美美的指甲啊啊啊！
畫出去了啦！你這個王八蛋從剛才
就一直在囉哩囉嗦什麼？啊——！」

單身(30)
「嗯——我如果當上學生會長，
首先為了尊重學生的自主性，要把部分校規……」
這樣我很困擾，老師不屬於「二年C班同學」吧？
「為什麼！不是說『支持者是第十二名足球選手』嗎？
既然這樣，導師就是三十歲的學生，有什麼關係呀——！
唉呀，開玩笑的，笑～～一個。
呵呵呵，很有趣吧？
我已經三十歲了，還穿著制服喲。
這就是COSPLAY高中生！
哇——好好玩！好、好好笑……
笑不出來啦……！」

高須泰子
「那個～～泰泰如果當上學生會長，
可以不要念書嗎～～？」
……學生的家長請回去。
「不用念書嗎～～？」
不用念也沒關係，請妳回去。
「太好了～～☆如果可以不念書，
人家就把這裡變成毘沙門天國二號店～～☆
首先這裡要擺啤酒機！
啤～～酒！啤～～酒！
然後櫃檯在這邊～～」
高須！快來把你媽帶回去——！

「……」

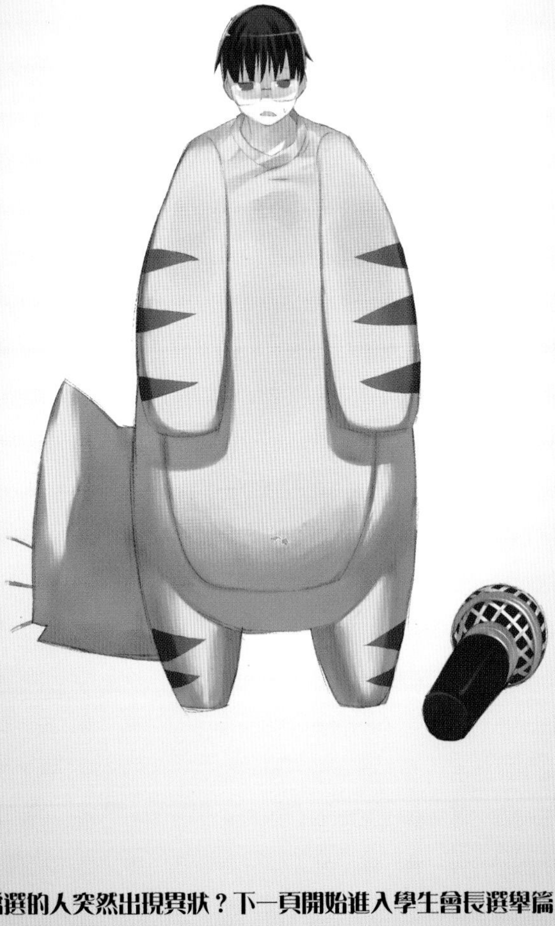

鐵定當選的人突然出現異狀？下一頁開始進入學生會長選舉篇！

TIGER×DRAGON 6!

竹宮ゆゆこ

挿畫◎ヤス

星期六。

只有一天的校慶在眾人的騷動鬧得天翻地覆。每個人的笑容、眼淚、興奮、狂熱、激情，全都倒進火焰之中，讓最後的營火熊熊燃燒，彷彿要把夜空燒個焦黑似的直達天際。

然後隔天是星期日。

一群蠢蛋吵鬧之後留下來的痕跡，收拾善後的責任，落在校慶執行委員會的執行小組，以及學生會成員的肩上。他們一一確認各班活動場地收拾的情況、垃圾是否有拿出來，還要清理營火的灰燼。

大家以今年就要退出的三年級為中心，在體育館一角舉行小型慶功宴。執行委員長一面流下男兒淚一面說：「沒有遺憾。」並在掌聲之中把臉埋進接過來的花束裡。同樣捧著花束的學生會長拍拍他的肩膀，以帶著作業手套的手撥弄長髮說道：

「對了對了，我有事要對大家說。」

——說得一副若無其事的樣子。

1

「然後呢然後呢?亞美最後還是乖乖聽話，接受那個龐然大物了?」

「工作嘛，沒辦法拒絕～～真是討厭極了，有這～～麼大喔！」

「再怎麼大也不過這樣吧?雖然我沒看過。」

「不不不，麻耶真是太天真了。那東西有這！麼！大！唔……！」

雙手以老式自由式的動作在空中怪模怪樣揮舞的某人，使勁的手臂正好打到乖乖坐在位子上的某人頭部。不算猛烈的衝擊讓銀框眼鏡掉在桌上，發出清脆的聲響。

「糟糕！對不起！我不是故意……啥?是祐作啊。」

加害人川嶋亞美轉身面向被害人，水汪汪吉娃娃眼裡的愧疚之意和興趣頓時消失殆盡，變得有如黑夜沙漠般乾澀冰冷。被打到的北村祐作是她的青梅竹馬，現在就算裝可愛讓對方拜倒在她的石榴裙下，也只是浪費時間。「呼～～」亞美懶洋洋地嘆口氣說道：

「好啦好啦，我很抱歉。來，眼鏡在這裡。」

不過打到人仍是事實，亞美嘴上隨便道個歉，姑且還算親切地把掉在桌上的眼鏡重新戴

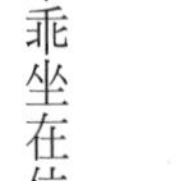

回青梅竹馬的鼻梁上。

可是──

「……祐作？」

「……」

班長、學生會副會長兼男子壘球社社長的北村，雖然個性老實又正經，卻莫名喜愛熱鬧、參加活動、動個不停，好像一停下來就會死掉，從入學以來還被稱為「迴游鮪魚」。這樣的北村此刻卻是眼睛和嘴巴半開，一副快要死掉的樣子，搞不好還沒注意到自己被人打到。他的視線沒有聚焦在面前的亞美身上，只是不發一語坐在自己的座位上。

「喂、祐作……情況似乎不太妙──？」

「不妙、很不妙──」

「喂──丸尾──！振作一點──！」

木原麻耶以手指輕戳他的臉頰，可是北村仍舊沒有半點反應。她和一旁的香椎奈奈子互看對方一眼，亞美則是以可愛的姿勢聳聳肩，皺起的柳葉眉裡，無力的感覺大過著急。青梅竹馬這個異常情況，應該不是被亞美打到的關係。

「丸尾的燃燒殆盡症候群一天比一天嚴重了……」

聽到奈奈子從容不迫的發言，亞美和麻耶也點頭贊同，並且一同低頭看向活死人狀態的北村。

沒錯，全校鬧翻天的校慶活動結束之後幾個星期——活動的亢奮早已不再，學生被迫回到無趣的日常生活，季節也不知不覺從閃耀的秋天，變成黑白的冬天。厚重的雲層奪走日照，點綴秋色的落葉變成乾燥的枯葉，在昏暗的窗子另一頭隨風旋轉舞動。時間接近下午四點，今天的課與打掃工作已經結束，只剩下班會而已，結束之後就能回家。現在是大家等待班導到來的空白時間。

北村的失常就躲藏在每日的無趣之中，不知不覺已經一點一滴侵蝕全身。

開口的次數減少、上課時愈來愈少發言、午休時間不見他吃便當、兩天會有一次褲子拉鍊大開、眼神空虛、眼鏡上布滿油膩膩的指紋，一片霧茫茫。等到朋友注意到北村的模樣不對勁時，他早已病入膏肓。

這也是沒有辦法，結束熱鬧的校慶活動，回到閒暇的日常生活之後，現在的北村一定燃燒殆盡了——二年C班的每個人都這麼想。表情呆滯是燃燒殆盡症候群的關係；原本整齊的瀏海有點亂，也是燃燒殆盡症候群的關係；愈來愈常遺忘東西、立領學生服的釦子扣錯、在走廊上搖搖晃晃、徬徨前進時狠狠撞上牆壁，這些全部都是燃燒殆盡症候群的關係。

只要讓他再度將注意力擺回日常瑣事，自然就會痊癒了吧？可是他似乎病得不輕，在亞美、麻耶、奈奈子三位美少女的環繞下，北村的眼睛絲毫沒有光芒，瞳眸有如死蟲眼睛一般混濁。就在此時——

「亞……亞美……」

「……幹、幹嘛？」

屍體突然開口說話了。他抬頭望向當紅人氣模特兒兼青梅竹馬的美麗臉龐，猶如再過五天就要歸西的老頭般顫抖地伸出手。「討厭，走開啦！」感到噁心的亞美立刻躲開。

「……妳剛才說『很大』……是什麼……？該、該不會……什麼奇怪工作……讓妳說大、該不會、是……雞……」

「咦咦咦咦咦！唉呀——你在胡說什麼？祐作該不會是瘋了吧——！」

啊哈哈哈哈哈哈哈哈哈哈哈哈哈哈！亞美瘋狂大笑，使出了不曉得從哪裡學到的絕招——要讓別人閉嘴，最有效的方法就是「掌嘴」——給了復活的屍體一巴掌。北村毫無抵抗地順勢倒向一旁。

「我所說的龐然大物是狗！狗！拍照時聽說要和鬥牛犬一起入鏡，我還以為是像泰迪熊一樣的小狗，期待了半天，哪知道用鎖鍊拉著出來的竟然是超大隻、兩公尺左右的超級猛犬～～！攝影師還說：『這就是正統的鬥牛犬。來，抱住牠吧！妳不覺得看來很像駱馬嗎？』『好像呢～～♡還有野獸的臭味！可是人家不曉得駱馬長什麼樣子～～！』就是這樣～～♡」

丸尾在「雞……」之後，原本打算說什麼？吉娃娃？雞肉捲？難不成是……女孩子們沒打算問出口，只是聽著對話、厭惡地竊竊私語。而在他們背後——

「北村要不要緊啊……好像很不妙……」

嗯、嗯——男生也擔心地點頭。

燃燒殆盡症候群。

北村失常的模樣，男生們也有另一番不同意義的解讀。不過這些人畢竟只是少數，相對於大多數人認為北村是燃燒殆盡症候群，這群少數派有個極端的想法——

「真令人擔心。看起來真是教人同情。」

「我有同感……如果傳聞是真的，他到底被怎麼了？」

「當然是一連串恐怖的對待……」

「畢竟對手可是……對吧？」

「讓他燒得一乾二淨……還變得這麼憔悴，真是可憐。」

「真可憐……咦？這麼說來，他們在哪裡啊？」

＊＊＊

……高須同學，好可憐……

「！」

以彷彿快要扭斷脖子的氣勢猛力回頭。聽到了，沒錯，確實有聽到。一對凶惡有如閃電的眼睛射出狂亂的視線，瞪向休息時間經過走廊的無辜高中生，將他們一一擊倒。

剛才是誰……？

「咿！」

該不會是你……

「嗚喔！」

或者是……

「咦咦！」

你……

「你在拖拖拉拉什麼啊！」

「噗啊！」

觸感冰涼的薄荷味道，直挺挺從鼻孔正下方深深插入、奪走貞操。高須竜兒痛得終於回過神來。不行——完全著了魔道，差點從「不良少年（一般長相）」進化成「無差別落雷的雷神（本尊）」。

「可惡！你在磨磨蹭蹭拖拖拉拉什麼啊！慢吞吞吞吞吞吞的！放學前的班會要開始了！如果有那個閒工夫亂嚇人，麻煩挪動你的緩慢雙腳！這個垃圾狗變態學校泳裝饅頭！」

精彩的怒罵聲響起的同時，轉出大約三公分的護唇膏從鼻孔拔出。嗯！扭曲臉龐、用盡全力讓竜兒醒來，美麗又粗魯的傢伙，不用說正是逢坂大河——人稱掌中老虎。

花一般美麗的臉上帶著輕蔑的表情，淺色的柔軟長髮優雅舞動，嬌小的體型宛如精緻的人偶。以這些特製零件打造出來、公認數一數二的美少女，現正桀傲不遜地抬起下巴、挺起平胸，擺出熟悉的姿勢瞪著身旁的竜兒，似乎打算繼續罵下去。

「都是你哈～～啾！」

無預警地打個噴嚏——口水都噴過來了！髒死了！竜兒甚至來不及退開。

「嗯呀咦咦咦咦咦咦咦～～！」

丟人現眼的痛苦哀號從大河嘴裡流出。簡直就是自掘墳墓，簡單來說是自作自受，更進一步的說法是笨到不行……剛剛拿來插竜兒鼻孔的護唇膏，因為大河一個噴嚏，深深插進她的小鼻孔裡。大河可憐兮兮發出哀號：

「怎、怎怎怎麼會有這這這種蠢事～～！討厭、拿掉拿掉，拔不出來了！」

太粗魯的結果，反而把異物往鼻孔深處推去。少女的肉體面臨重大危機！事情發生得太過突然，竜兒知道現在不是笑的時候。

「啊啊、妳這個笨蛋！真的很笨！別動別動！我現在幫妳拔出來！」

「嗯呀啊啊！」

幸好正值放學前，沒被學校裡的人看見。這副德性被別人看到，以後鐵定無法在社會上立足。滿臉通紅的大河用力揮舞四肢、扭動身體。竜兒抱住大河的頭用力一拔，總算把護唇膏扯出來。

啵！大河總算脫離薄荷的黏膜攻擊，不過此刻仍然痛苦地捏著鼻子、腳步不穩地靠著牆壁，流下的眼淚沾濕長睫毛。她天生就有重度鼻炎和過敏體質，護唇膏這麼直接塗上鼻腔黏膜，恐怕有點刺激過頭。

「大河，振作一點！話說回來，妳剛才還不是用同樣方式對待我？這是天譴，要妳不可以再對我做出這種奇怪舉……」

這番低聲抱怨也是為了本人好，豈料大河濕潤的大眼睛狠狠瞪向竜兒：

「我插得比你深，再說我的鼻孔天生就小！和你寬廣鬆弛的無底洞不一樣！」

「這樣啊……」

竜兒被說得無力回駁，只好茫然保持沉默。在他面前——

「呼……鼻、鼻孔……好涼……」

「不准挖鼻孔！難看死了！」

大河很介意涼颼颼的鼻孔，拚命做出不像女孩子的行為，把手指插入距離鼻孔入口數公分的深處。

「……」

竜兒想要阻止她的手，但大河的動作突然停住，視線看著竜兒握在手裡的護唇膏。那支沒有轉回去的護唇膏從兩個人的鼻孔拔出之後，閃耀白光的模樣更顯得光滑無瑕。大河盯著護唇膏，一手還抓著護唇膏的蓋子，臉上露出難以言喻的微妙表情。她緊咬嘴唇，抬頭仰望竜兒的臉。竜兒心想她應該是想要護唇膏，於是便把它交回大河的小手上。然而大河仍舊一語不發，來回看著手中的護唇膏和竜兒的鼻子。還在想她打算要說什麼——

「我覺得要再一次把這種東西塗在自己的嘴唇上，需要莫大的勇氣……不能用了……把它丟了吧……」

竜兒的三角眼瞬間迸出藍色閃光——並不是他的潛能受到激發，能夠發射出可見的殺人光線，而是為了大河！為了環境！為了地球的教育！

「不准丟掉！太浪費了！」

太浪費了！太浪費了！這句話以灼熱的節奏在竜兒腦中狂舞。咚咚喀咚喀咚喀、咚咚喀咚喀咚喀、太浪費了、太浪費了、咚咚喀咚喀咚喀、太浪費了！風行世界的絕讚語言「太浪費了」是竜兒的最愛！看到做菜剩下的蔬菜廚餘——「太浪費了」！蔬菜殘渣就要與牛蒡絲拚在一起！看到背面空白的廣告傳單──「太浪費了」！廣告紙可是最棒的計算紙！所有沒用完就丟掉的東西──「太浪費了」！永遠不索取塑膠袋！

諸如此類……總之基於上述理由，竜兒怎麼可能允許大河把只是插過鼻孔、幾近全新的護唇膏丟掉？這等於要他出賣自己的靈魂。這是以人類身分誕生在這個星球，並且唯一獲得智慧的生命體應該要背負的責任。

可是──

「我絕對不用！上面一定沾滿你鼻孔裡面的東西！」

大河完全不了解身為人類與生俱來的使命與責任有多重大。就讓我來教教妳！竜兒故意放慢速度開口：

「妳真笨，沒問題的。我鼻孔裡的東西早就黏在妳的鼻孔裡，現在沾在護唇膏上的，全部都是妳自己鼻孔裡的分泌物。」

「噫──！」

雖然只是平靜陳述事實，大河的喉嚨發出汽笛般的慘叫，用外套袖子拚命摩擦鼻子──雖說一切為時已晚。

「你鼻子裡的髒東西在我的鼻子裡……我已經被汙染了！沒救了！」

「真沒禮貌！說起來還不是妳先動手的？好了，快點把護唇膏蓋起來收好，負起責任，把它用到壽終正寢的那一天。拿面紙擦一擦吧。」

「你以為用面紙擦過就可以用嗎！這個給你！就這麼辦！」

「不用了！我不需要！男人怎麼可以用曼秀雷敦之外的護唇膏！」

「為什麼不行？你不是說浪費嗎？你的嘴巴不是什麼都能接受嗎？變態又愛管閒事的色鬼！了不起，真不愧是竜兒，本鎮的『太浪費了』大使！」

不管怎麼浪費，插過鼻孔（而且還是兩個人）的護唇膏誰想要啊？如果她用銼刀削過還可以考慮一下，可是這傢伙怎麼可能動手？只會任由護唇膏沾滿鼻孔分泌物而已。竜兒快動作轉身準備拒絕接收，孰料——

「你就別客氣了！來！塗上去吧！你不是老喊著嘴唇乾澀？」

「我不要！妳……住手！走、走開，髒死了……啊……鹹鹹的味道……」

……高須同學，真的好可憐……

「嗯！」

——聲音比剛才更清楚，那聲音從準備把護唇膏塗上竜兒嘴唇的大河背後傳來。一定是因為單手緊緊勒住竜兒脖子的大河，與翻過身子、不停抵抗還是被塗上護唇膏的竜兒，乍看

之下感情很好，所以對方才會說出這種話。

到底是哪來的傢伙？

竜兒受詛咒的三角眼再度噴出青白色火焰、翻著白眼，尋找聲音的主人。大河趁著這個空檔，再次把遭到汙染的護唇膏塗上他的嘴唇。不過他已經無所謂了（既然已經塗過一次，那麼多塗幾次也一樣）。

問題是剛才聽到的聲音。那句話並非只有現在，最近這幾個星期，他都不斷聽到那個低語——不分時間地點，在校內各處的廁所、上下樓梯回教室的途中，有時是在打掃時間的垃圾場，以及現在——和大河有事一起走在走廊時。

那些人每次看見竜兒，總會交頭接耳，竊竊私語說道：「高須同學好可憐。」

福男競賽為了掌中老虎那麼拚命，結果卻被學生會的眼鏡仔橫刀奪愛，明明被甩了，依然為了她盡心盡力……

明　明　被　甩　了。

「混蛋啊……！是誰又在亂傳八卦啊……！」

很不甘心的竜兒甩開兒啼爺（註：日本德島縣傳說的妖怪。夜晚在路旁哭泣，等待路人同情抱起之後就變得愈來愈重，把路人壓死）大河，當場揪著頭髮、咬住嘴唇、轉過身體、眼睛有如預言國之將亡的凶星異常發亮，對著四周所有的人射出凶惡眼神。竜兒不知道兩百公尺外的一年級女生彷彿遭到洲際彈道飛彈準確命中，頓時失去意識。大河也不知道，只是模仿外國人聳聳肩，開心地搖頭之後悠哉說道：

「『亂傳八卦』是指那個八卦嗎？嗯嗯，唉呀，真的很傷腦筋呢，聽說有個沒水準的流言到處流傳……」

微微一笑～

沒有發現自己的臉上掛著藏也藏不住的噁心微笑，輪廓柔和的乳白色臉頰更添一層玫瑰色彩。大河繼續說道：

「嗯，的確……該怎麼說？獲選為校花的我，拋棄為我努力闖過福男競賽的竜兒，最後和北村同學……有、有有有一腿……是這樣嗎？聽說是這一類八卦，好像不是、又好像是……應該是吧……真是令人嘆息……」

大河咧嘴一笑……嘴上雖然說著八卦，打從心底感到高興的笑容卻愈來愈明顯。看到她開心過頭的臉，竜兒甚至懷疑大河該不會就是八卦的起源吧？但是他立刻打消這個想法。大河這種稀世笨蛋，不可能會那麼聰明，在全校散布對自己有利的八卦。

沒錯，這則八卦已經成了剛結束大型活動、閒閒沒事的全校學生熱烈討論的話題。流言蜚語跨越班級與學年的藩籬，在無聊的學生之間飛快流傳。

這當然不是事實。大河和北村沒在交往。她的心願全被忽略。

校慶當天的晚會上，大河的確接受北村的邀請，在營火前面跳舞，竜兒也在旁邊看著。那是一幅優美的畫面，但是美好的事物總是短暫，兩人很快就拉著竜兒、実乃梨、亞美一如往常瘋狂喧鬧，根本就沒有「交往」這種好事。最讓竜兒打從心底感到不甘心的，並不是眾人對這件事的誤會，而是「高須同學在福男競賽中那麼努力，卻被拋棄了」。

這項誤會怎麼樣也無法釋懷。的確，福男競賽他很努力想要讓大河恢復精神，經過一番迂迴曲折之後，終於和実乃梨一起獲得優勝，可是這個努力非但沒有提升個人的男子漢形象，還換來有點憂傷的「他明明是那麼努力……」這一切都源自眾人誤會大河與竜兒在交往（過去式），這個誤解在竜兒本人不注意之時，已經成了全校認定的事實並且廣為流傳，才會搞到後來變成竜兒被大河拋棄、大河被奪走、竜兒是被拋棄的鬥敗犬。

到底為什麼？什麼時候變成這樣？

「可惡……竟然笑得那麼開心……被大家誤會和我交往，不覺得很不甘心嗎！」

「嗯～～這麼說也對……」

擁有最強最凶之名的凶暴生物「掌中老虎」，不知為何笑得如此安穩，視線也無意識地四處游移：

「居然說我是狗的前女友，心情真複雜……我可是人類……好像是我拋棄你喔？重要的是『現在』，反正和你的一切都過去了……」

「噗！」了一聲繼續說道：

「可是你真的很可憐，被我拋棄想必很悽慘吧？為了我那麼拚命卻沒能獲得回報。我的心已經被北村同學奪走……噗噗噗！」

她笑到幾乎不可遏抑的地步，還不斷斜眼瞄著竜兒，在喉嚨深處低吟：「好可憐～」

「大河……妳……」

「好了，別再說廢話，快點走吧。否則單身又要掛著一張單身臉孔來開單身班會了，我們得在她進教室前快點弄完回去……呵呵呵！」

可惡！

心情大好的大河轉身之後輕快走在前頭，此刻的竜兒對她恨得牙癢癢。大河不但莫名竊笑，還和單戀對象傳出交往的八卦——有這麼好的流言，任誰都會喜形於色。可是另一邊的竜兒即使也是八卦的主角，卻因為「學校第一被甩男」而出名。相比起來，被誤會是「超可怕小混混」還好一點，至少好過被那些連名字都叫不出來的傢伙一面指著一面可憐他：

「啊，是慘遭拋棄的被甩男高須，好可憐——」

瞪著好心情的大河，竜兒的不甘心更加高漲。雖然不能因為恨一個人就把對方殺掉，卻可以用手指狠彈沒有防備的髮旋。動手吧！竜兒輕手輕腳無聲地靠近大河——

「啊！你看！就在那邊！照片布告欄！真是幸運！沒有人在！可以隨便挑！」

轉過頭來的大河，第六感敏銳程度與野生動物並駕齊驅，竜兒急忙縮手。

「喔、喔！」

「走吧走吧！快點過去！」

看到大河焦急的模樣，竜兒的怨恨瞬間消失。

回過神來的竜兒只能對著大河的老樣子聳肩苦笑。誰教大河拚命動著小腳、開心碎步快走的模樣太像小朋友。

怨恨歸怨恨，也無法原諒那則流言，可是……算了，現在就別計較了。

他感覺自己的一切情感隨著苦笑化為溫柔，暖洋洋充滿肺部──竜兒的怨恨只不過是這種程度，算了吧。彷彿鬆軟過頭的歐姆蛋包，一有機會就會濃稠地融化。結果變成竜兒自己沒志氣地溫柔待人。有時他也無法接受這樣的自己，但是又能怎麼辦？因為他只要一看到大河和平常一樣任性傲慢，就會開心得不得了。

那個時候──

收到大河父親傳來的簡訊時、看到明白一切的大河表情時，他以為再也無法繼續「一如往常的日子」。

以為一切都毀了、結束了，滿心只有這個想法的竜兒真的很害怕，也很難過。

可是現在世界還是一如往常運作，地球也順利轉動，每個早晨與夜晚都會準時到來，大河奔跑的腳步聲也一如往常輕輕響起。

竜兒擦過冰冷的鼻子，跟在大河後頭踏出腳步。一切都沒變，日子還是一如往常前進。是的，「那天」發生的事，並沒有在堅強的大河心裡留下分毫傷痕。「活該——」竜兒沒有針對任何人。大河一點也沒變，什麼人都打擊不了手掌尺寸的女王虎，就連她的親生父親也是——

「快點過來啦！雜碎！喂——COME！」

「……」

大河舌頭發出嘖嘖聲，像在呼喚飼養的狗，教我怎麼忍得下這一口氣——不過這又是另一個問題。

學校活動結束之後一定要做的事。

「我看看……啊！找到北村同學！竜兒你看，這是他吧？」

「未免太小了……還翻白眼……這張妳也要嗎？」

「我要！拍到北村同學的照片我全部都要！53號……嘿嘿，這是第四張。」

張貼出來的照片，全部都是攝影社的傑作。她們在社團教室前的走廊設置布告欄，並將所有照片標上編號。順帶一提，攝影社的社員去年曾經暗地裡遭到襲擊，差點廢社，今年開始規定只允許女生加入。原因鮮少有人知道，但是聽說與背地裡販售女學生的泳裝照有關。

全校同學可以向新生女子攝影社購買每張十圓的照片。在截止日期前大家可各自確認、記下想要加洗的照片，然後在紙條上寫下班級與代號，連同費用裝入信封投進社團教室前的信箱，幾天後就會以班級為單位，整批送到班上。

既然有了隱密的照片購買系統，正值青春期的少男少女，當然不可能笨笨地只買拍到自己的照片。

「啊、竜兒這裡！拍到小実了！」

「喔！哪裡哪裡？戴著禿頭頭套！這怎麼能夠不買呢！」

大河手上的紙條，記著北村的照片編號，竜兒手中也有実乃梨的照片編號。和大部分的同學一樣，他們也採用這種老方法，合法取得單戀對象的照片。不管數位相機和手機在高中生之間多麼普及，唯有這種慣例暫時不會消失。

布告欄上全部都是前陣子校慶時的照片。在經過裝飾的教室前面勾肩搭背的學弟、女僕咖啡廳前正在招攬客人的女僕、比出V字手勢扮鬼臉的情侶、認真演奏的管樂社。身穿希臘風格服裝對話的場面，應該是話劇社的公演吧？還有在走廊角落商量什麼的執行委員、負責維持秩序的學生會抱著傳聲筒吼叫；另一個布告欄上有幾張各班活動的團體照，以及校花參賽者的個人照片；還有戴著天使翅膀的大河，模仿矢澤永吉抱住麥克風風架往前傾的照片；還有抱著優勝獎盃雀躍不已的春田；旁邊是做作女面具差點露餡、張大嘴巴開心笑著的亞美；還有福男競賽參賽者排在起跑點的臉部特寫（竜兒的臉正好被其他參賽者遮住，感覺攝影社好像是故意的）；更不用說女王打扮揮舞皮鞭的亞美照片，甚至特別設置專區，照片占滿整面布告欄，在健全的公立高中走廊散發異樣風情。

照片用鮮豔的色彩印下眾多笑容，當天的所有場面宛如在這個迷你的二次元世界重現。

「還真多啊……」

「學生會似乎每個人至少拍了一張。話說回來，這個蠢蛋吉專區是怎麼回事？真是讓人感到不舒服……也有不少我的照片。雖然不想買自己的照片，可是這個校花比賽……是不是買下來比較好？」

「買下來做紀念吧。我也會買給泰子看。」

「既然你要買我的照片，我就不用買了，太浪費了～～！」

「居然在這種小事斤斤計較……」

「回憶勝過照片。」

「無價……」

大河蹲下來確認貼在下面的照片。低頭看著大河髮旋的竜兒，仍在擤著被薄荷護唇膏入侵的鼻子。

不過只是幾個星期之前的事，可是看見縮小在照片裡的這些景象，卻有股莫名的懷念。班級活動的職業摔角加上大河的校花比賽，還有福男競賽……真的有好多時候都很辛苦。可是「好快樂」的想法與「結束了」的惋惜，變成奇妙的薄荷心情，冰涼呼出竜兒的鼻孔。當天發生了太多事，甚至還和実乃梨吵架。好事、心痛的事、讓人深思的事都有很多——感傷的三角眼在看見某張照片之後，忍不住停住視線。

「喂！大河！妳看這張！」

聽到竜兒的叫聲湊近一看，才發現大河睜大眼睛、喘不過氣、肩膀還在微微顫抖。

那是火花有如繁星灑落，營火晚會的畫面。

數公分見方的方形照片中，頭戴皇冠的天使與戴著眼鏡的學生會副會長，握著雙手在營火前面微笑，火焰照出兩人的側面輪廓，凝望彼此的兩人彷彿真的……正如同傳言所說，看起來就像一對戀人。

竜兒坦白說出心裡話：

「這張……拍得真好……」

大河沒有回答。

沒說半句話，只是凝視照片，最後嘴唇終於隱約浮現微笑。竜兒雖然站在聞得到髮香的距離，卻不知道身旁的大河此刻正在想什麼。他只知道大河看著照片的眼神很平靜，以及確認般輕輕伸出的手指很蒼白。

大河終於接受似的點點頭，記下照片編號，突然把臉轉過一旁。

「噗！」

釋放屏住的呼吸：

「噗……呀啊──哈哈哈哈！啊──嘻嘻嘻嘻！我已經忍不住了！這是什麼？除魔嗎？」

「咦……？」

浪漫的氣氛頓時粉碎，大河發出爆笑的聲音，輕快的笑聲好像子彈無限的機關槍，不停掃射聽到的人，手還指著貼在旁邊的照片。到底是什麼東西？竜兒靠近一看──

「過、過分……」

過度震驚的竜兒喊出前日本足球隊國手、現任旅人的暱稱。（註：「過分」的日文發音與足球選手中田英壽的暱稱「HIDE」相同。中田英壽於2006年引退，前往世界各地旅行）

「是啊，真是過分，這張臉是怎麼回事？你在耍寶嗎！」

「不對！我是在說妳過分！」

竜兒抱頭呻吟。太過分了──竟然笑這張臉，大河真的太過分了！她指著照片狂笑，照片上是營火晚會前的福男競賽，正在和実乃梨決一死戰的竜兒。

不過相機拍到的臉真恐怖，因為全力疾馳到上氣不接下氣，原本陰險的長相扭曲變形，變成一副女鬼看到也會赤腳逃跑、瀏覽器為之超載的有害表情，而且恐怖的鬼臉彷彿正在追殺前面的実乃梨。就連竜兒也佩服攝影社居然敢貼出這張照片。

這是因為當時的我很拚命！根本沒有多餘時間思考臉上的表情，一心只想幫大河打氣而埋首狂奔。明明如此……

「妳以為我是為了誰，才露出這種表情參加福男競賽？我可是為了妳……」

「是是是，真是多謝……」

大河的手指在臉頰旁邊搖晃，大眼睛朝正上方一瞪——

「啦！」

並且伸出舌頭做了一個鬼臉，轉身繼續看向後頭的布告欄。

「……！」

一個人被拋下的竜兒說不出話來。

有誰能夠教我一下，怎麼才能用三個簡單動作輕易傷人？按著心臟的竜兒無法站立，只能癱坐在地。反駁她也沒用沒用沒用沒用！那傢伙什麼道理都講不通！

「歐拉歐拉歐拉歐拉歐拉歐拉歐拉歐拉！」

「呃！」

身邊突然颳起猛烈強勁的風壓，竜兒不由得退開，轉過頭看看到底發生什麼事。

「喔……」

「歐拉……哇！高須同學，你為什麼坐在這裡？哈……該不會是因為我的『歐拉』？」

「啊，不、不是不是！我只是精神受到一點打擊……」

少女戰戰兢兢地低頭看著自己的拳頭，竜兒對她拚命揮手，表示「沒事、別緊張」。「是嗎？那就好。」——一臉嚴肅點頭的人，正是櫛枝実乃梨。

她只是對竜兒輕輕一笑，竜兒便傻傻地感到幸福。

喜歡她是一年級的事。

升上二年級時變成同班同學、春天結束時成為朋友、夏天一起去旅行時，隱約窺探充滿不可思議色彩的內心。到了秋天，她的詭異舉止更上一層樓，莫名的距離也讓竜兒苦惱，兩人還說出過分的話大吵一架。最後他們在星空之下相視而笑，盡釋前嫌。然後——

「高須同學也來選照片嗎？真巧啊。」

「嗯。」

然後是進入冬天的現在。

「如何？高須同學選了不少照片嗎？」

「還好，不多。」

「這樣啊。」

実乃梨面對照片開口，以側臉對著竜兒，有些不正經地搖晃身體。躍動的頭髮好幾次碰到站在身旁的竜兒肩膀，不過実乃梨只是低聲說了一句：「醉拳。」她就是這種女孩，就是竜兒長久以來的單戀對象。比誰都簡單，也比誰都複雜，有如太陽碎片閃閃發光，是個不可思議的生物。至於剛才的「歐拉」只是為了記住照片編號的吼聲。

「啊，小実——！」

「哈囉——！大河——！」

布告欄對面傳來可愛馴獸師的聲音，於是蹲下的大河穿過布告欄，從下方探出臉來開心大叫。実乃梨也跟著她，以同樣的姿勢蹲下，這對好友就以蹲馬桶的姿勢相會。妳們在做什麼啊……對於竜兒茫然的視線也不放在心上。

「找到小実的照片了，81號。拍得很可愛喔！」

「喔，81號啊……我記住了。聽好了，我也有一件事情想告訴大河，注意200號亞美的照片——提示是『下・半・部・乳・房』。」

「！」

竜兒猛然回頭尋找。200號？哪一張！即使對亞美沒興趣，可是這個世界上有哪個高中男生聽到這個低聲提示，不會想去確認的？全世界一起來！「太浪費了～～！」

「真受不了這隻好色狗……」

「啊！我、我在做什麼……」

大河冰冷的聲音讓他恢復理智，好不容易回過神來。對了，実乃梨也在場，怎麼可以丟人現眼。竜兒連忙恢復平靜，若無其事地把200號照片加入加洗名單。雖然不希望被發現，可是大河從頭到尾都盯著他的一舉一動，還在布告欄對面用力嘆氣：

「真是的，竜兒的性慾之強，已經超過受不了他的程度，甚至想要殺了他……」

「真是太超過了……喂！」

「如果你對蠢蛋吉的下半部乳房有興趣，我就告訴你吧。她的乳房有……六個！我親眼看過了！」

「才沒有。」

竜兒的吐嘈太直接，大河也無趣地「哼！」一聲鼓起臉頰，粗魯撥弄快要及地的長髮：

「啊──無聊死了。我沒空理會竜兒的性慾，我要先走了。你就在那邊對著蠢蛋吉的胸部燃燒性慾吧……有點想上廁所，我先去廁所再回教室。」

「原來那種姿勢會讓人想上廁所……」

在點頭的竜兒面前，大河只說了一句：「我沒空理會下流東西。」就消失在他的眼前，只看得見包在襪子底下的纖細腳踝。

「咦——大河要去廁所？是否需要在下隨行？」

「不了，我自己去吧。」

実乃梨蹲在原地目送大河，她說的話沒能讓大河停下腳步。只見布告欄對面大河穿著室內鞋的腳踝快速跑開。「拒絕在下陪同啊……」実乃梨也只能寂寞起身：

「搞什麼，居然真的走掉了。可是大河把糟糕的東西傳染給我了，就是便．意……」

便意——竜兒試著在腦中回想実乃梨的話，低頭看她的臉，說不出半句話。実乃梨似乎也注意到他的視線，四目交會之後——

「NO——！」

像個陀螺一樣旋轉，轉回正面的臉上已經一片通紅。

「我、我剛才是不是無意間說了超丟臉的話？好恐怖！唔～怎麼這麼丟臉！不過我會藉著魄力脫離這個困境！上吧，高須同學！命運的決鬥！呼哈哈哈哈！厲害——！太帥了——！突然就輪到櫛枝的回合！抽牌！」

看來她似乎想要掩飾什麼（已經太遲了），突然以華麗的手勢，把加洗照片的登記紙條攤在竜兒面前，上面寫了好幾個號碼。

「咦……」

「咚☆我犧牲九十圓召喚九張照片！『反轉效果』發動！速攻魔法『立刻搜尋』發動！

正好看到25號、和壘球社學妹一起拍的照片，支付一張十圓的代價之後召喚！以守備狀態蓋在場上，結束這個回合！好，輪到高須的回合！」

「咦、咦……？」

「好了，不快點行動就一直都是櫛枝的回合喔！」

「咦咦咦……？」

「唉喲——真是遲鈍！明知故問！我們不是正在交換，看對方買了哪些照片☆嗎！」

竜兒拿著紙條的手被拍了一下。有點高興，但是臉上看不出來。

「喔，原來是這樣啊？妳真厲害……我完全聽不出來……」

「又在開玩笑了！話說回來，如何如何？你買了什麼？全班的團體照理所當然會以攻擊狀態召喚吧？給我看給我看！」

「嗯，我買的照片是——輪到我、我的回合。」

頷首的竜兒準備把紙條交給実乃梨……咦？等等！怎麼可以給她看？竜兒終於注意到狀況不對，像是石化一般突然停止動作。現在不是笑的時候，輪到我的回合了。

「嗯？怎麼了？」

「啊，不……沒……呃……」

「真是奇怪……看來是牌組出了問題？我幫你看看……」

「不用了！」

「……這下子更可疑了。」

実乃梨探頭過來企圖偷窺，竜兒汗濕的手緊握紙條，拚命阻止——如果被她看見上面全部都是有她的照片編號，我的回合將在束手無策之下結束，然後被炸死（雖然不懂遊戲規則）。於是竜兒打算若無其事地把紙條收進屁股的口袋裡。

「喔！這張照片怎麼了？」

竜兒用力亂指一通，動作有如貓一樣敏捷的実乃梨立刻上當，看向那個方向。

「很好！接著是靈異照片攻擊嗎？」

竜兒趁機把紙條塞進口袋，準備說出「差不多該回教室了。」這句話發動連續攻擊，好結束這個回合，沒想到——

「啊！這、這張照片是……」

実乃梨的聲音聽來意外遲疑。

竜兒偶然指到的照片雖然不是靈異照片，卻蘊含吸引実乃梨視線的強勁力量。

「也有福男競賽的照片啊……」

站在実乃梨身旁的竜兒也抬頭看向那張照片。

不是大河放聲嘲笑的那張恐怖照片，而是另一張福男競賽照片，拍到通過終點線的瞬間。竜兒一臉拚命的表情，胸部碰到終點彩帶，実乃梨也跟在竜兒身旁舞動手腳，臉部痛苦扭曲像是在哭。在千鈞一髮之際甩開其他傢伙，竜兒與実乃梨同時抵達終點。根據照片判斷也是同時抵達。運動服的袖子皺成一團，他們用盡全力握住彼此的手。

兩個人的表情一樣可怕，卻又忘不了對方當時的手指熱度——一定一輩子都記得。無論時間如何流逝、成為多麼無趣的大人，可以確定那個溫度都會在手中鮮明復甦。

「……又輪到我的回合了。」

実乃梨突然低下頭如此說道。她再度拿出紙條，用自動鉛筆快速追加一個號碼。接著不讓竜兒看到她的臉，仔細摺起紙條，一邊小聲說道：

「我說——嗯，高須同學……」

然後一股作氣——

「我想買這張照片，你要不要一起買來做個紀念？」

——竜兒被電到了。

嗡……耳朵深處在耳鳴，熱血沸騰。

「喔——好。」

実乃梨問我要不要一起買。她說要一起買下照片，紀念那個對我來說比什麼都重要的一刻！如果聽到這話還不熱血沸騰，就是冷血動物、就不是活生生的男人。

「……好。一起買下來做紀念吧。」

竜兒結結巴巴地回答、不斷點頭。好開心好開心，灼熱的臉好像快要噴火。実乃梨低著頭從口袋拿出零錢數著，側臉耀眼到讓人無法直視。

＊＊＊

「好——請大家坐好～回家前的班會開始了～」

「獨！」隨著一聲腳步聲，三十歲單身（班導．戀窪百合）現身講台。

結束一天的工作，她的下巴附近雖然有些出油，但是臉色並不暗沉，妝也幾乎沒有脫落，對學生展露的開朗笑容也表現出她是「認真的導師」。最近的她稍微修剪頭髮，讓臉部變得清爽許多，整個形象變得很乾淨。不過跟她稍微變瘦可能也有關係。

身穿不遮掩身材曲線的貼身白外套，及膝裙也是剛好貼身，粉金色的項鍊正好襯托膚色，項鍊上的一顆鑽石低調展現女人味。纖細的手腕戴著歐米茄錶，踏實地刻畫時間。絕對沒有過度奢華，而且整體也不脫老師的感覺，單身終於成功擺脫俗氣路線。進入三十歲之後，單身原本即將成為燃燒殆盡的死灰，但是「女人的鬥志」再度復甦，有如不死鳥從名為「老化」的火焰中振翅，毫不休息地繼續飛行。如果停下來，八成將會這樣死去。

單身究竟發生什麼事，學生當然不知道，不過——

「好了好了，大家坐下～別再鬧了～」

儘管單身努力振翅，可是哪有那麼容易打斷健全的高二學生聊天？大家直到現在仍在到處亂跑、大聲喧嘩，坐下的人還不到一半。

「別太過分了～」

啪！

在單身的太陽穴爆出青筋的同時，「獨！」教室的時空扭曲。

「唔！」

「耳朵好痛……」

三半規管比較脆弱的幾位女同學突然按住耳朵、腳步蹣跚。

「給我乖乖回到位子上坐好……我今天無論如何都要提早離開學校……有人要幫我介紹對象。三十四歲、大學助教授、是家中的次男，而且還擁有土地，只剩下找人結婚。父母親都是老師，所以希望兒子娶老師。聽說他們已經和長男住在一起。奇蹟，這真是奇蹟，奇蹟的對象。雖然只通過四次E-MAIL，可是意外談得來。所以我們今天要去看電影！然後去吃飯！然後看情況！為了今天、為了今天，我……我、我我我……轟嗡嗡嗡嗡……！」

獨獨獨獨獨獨獨獨獨獨獨獨獨獨獨獨獨獨獨獨！講台上突然湧起一股瘴氣——「這個壓

迫感是怎麼回事！」「我突然覺得好恐怖！」——原本吵鬧的二年C班學生在兩秒之內統統坐在位子上。很好——並不是我的領導能力不佳！單身用手指重新整理豎起的捲髮，臉上恢復溫柔導師的笑容。

「嘖……」

不耐煩的聲音立刻讓單身渾身發冷。彷彿任意生長的荊棘般帶有尖刺的視線，與聲音同時從教室中央射來。不耐煩地扭曲著臉、瞪著單身的人正是掌中老虎。擁有老虎之名的問題少女相當不爽單身因為私人因素而加快步調，大到令人稱羨的眼睛炯炯發光、沒禮貌地瞪著單身塗太多唇蜜的嘴唇。

「唔……唔唔……！」

平常早就認輸的單身，今天的單身度格外不同。「獨！」她閉上嘴巴回看大河，踩著六公分高跟鞋的雙腳用力踏住大地……不，是教室地板。

「我、我才不認輸！下個月就要舉辦相隔五年的高中同學會……就算來不及結婚，至少也要抓個男朋友一起去！班長！麻煩你喊口令～～！」

可是單身的一番話，並沒有得到應有的回應。

又來了——二年C班傳出疑惑的聲音，「獨……」單身的眉毛也皺成八字形。竜兒當然也是感到困惑的其中一人。這副模樣已經好一陣子了——他閃著光芒的凶惡眼睛，看向傻傻發呆的死黨——不是因為死黨回應緩慢而火大到打算給他的喉頭致命一擊，純粹只是擔心。

「班長！北村同學！喂～～！」

「啊……？啊……」

單身呼喚了好幾次，班長北村祐作總算睜開眼鏡後頭的眼睛。瀏海亂七八糟，前傾的身體加上駝背，蹣跚起身的動作顯得有些不如意。

「……起立。敬禮。多謝招待……」

再度坐回椅子上。沒人跟著他的動作，只是以擔心的眼神看著他。大河也蹙眉轉過頭，怯怯望向北村的呆臉——單戀對象的燃燒殆盡症候群模樣，讓她不禁感到擔心，因此沒注意到另外有一些更不安分的眼神正在看著擔心的大河。

「掌中老虎真是可怕的女人……」

「究竟是怎麼交往，能夠讓男人憔悴成那樣……」

這是之前那個八卦被加油添醋的部分——有一些人暗地裡說道：「北村不是燃燒殆盡症候群，而是因為交往對象掌中老虎不斷強行要求某些累人的玩法，被吃乾抹淨了。」「把北村消耗到只剩下殘渣，又和原本拋棄的高須藕斷絲連，殘酷玩弄兩個男人，真是可怕的母老虎啊！」……總而言之，就是這群當真相信傳聞的學生裡，有一批偏激妄想（也可以解釋成愛湊熱鬧）的傢伙，而這些加油添醋的內容也只有在他們之間流傳。

抱持各自解釋的同學尷尬地交換眼神，「獨！」不過面前的單身勉強擠出笑容。怎麼可以在這種地方磨蹭！再過三十分鐘，助教授就要抵達電影院前的噴水池了！再過一個月就是同學會！明年表妹的小孩就要上小學了！再過十年就要四十歲了！

「好、好了！雖然發生很多事，大家打起精神來面對吧！」

單身臉上仍然掛著笑臉，偷偷看向幫不上忙的前任班長屍體。屍體還是一樣發著呆，若有似無地看向窗外。單身雖然急著赴約，不過還是擔心屍體。

於是大聲唸出咒語，打算讓屍體恢復正常：

「明天是星期五，是本週最後一天正常上課～～！休假結束之後就是期待已久……應該是吧？對，就是學生會長選舉！北村同學！你要打起精神來加油啊！你是下任學生會長第一人選……不，是唯一人選！」

「喔喔……」聽到單身的話，教室裡的眾人開始交頭接耳。大家根本沒有期待，老實說也沒幾個人對學生會長選舉有興趣，不過——

「對喔，要選舉了！有活動了有活動了！」

「已經到了這時候嗎？好快！」

「下一任會長當然是北村！」

二年C班的同學在研判狀況之後齊聲鼓掌，單身也一起鼓掌，全班有些勉強地大聲喧鬧，打算炒熱氣氛，這些都是為了屍體。只要有新活動，化為屍體的北村應該就能治好燃燒殆盡症候群。然後他會為了選舉點燃戰火，回過神來擔任學生會長——

竜兒也故意大聲鼓掌，與能登和春田互看了一眼：

「喔，北村，加油！我們當然也會助選！」

「很好，一起鬧翻天！是吧，北村！」

「要不要再來場職業摔角？我來寫劇本吧？」

啊哈哈！春田真是笨蛋！哪有人在選舉時辦職業摔角的！咦？我很笨？笨啊！才不笨咧！笨死了！對吧？北村，用這種方式助選，你也很頭痛吧？是不是？

「選……」

啪！後面座位某個得意忘形的傢伙拍了北村的背，接著北村好像說句什麼。

「嗯？什麼什麼？怎麼了？北村？」

「選……」

「嗯～～？怎麼回事，班長？」

「你說什麼、你說什麼？聽不清楚喔。總之先起立敬禮解散吧？就這麼辦！」

單身為了私欲笑著催促。

咚！

屍體踢開椅子站起來。

椅子倒下的聲音連樓下都聽得見。事情發生太過突然，所有人都愣愣抬頭看向屍體。單身的笑臉僵住，竜兒、能登、春田、大河也僵住了。連亞美都停下原本悠閒磨著指甲的動作，睜大眼睛轉頭看向從冥界回來的青梅竹馬。全班都停下動作。

「我不參選學生會長……也要退出學生會……我不幹了、全部退出、不玩了、退出不幹不玩不玩不玩了！我已經、已經、已經……」

北村久違的正經聲音響徹教室：

「全部都不要了——————————！」

2

「北村同學今天會來上學嗎？還是會請假……嗯啊——」

令人期待週末的星期五早晨。

厚重雲層滿布的天空底下，大河縮著肩膀，雙手插在外套口袋裡。冷風強迫季節由秋末進入冬初，將大河柔軟的頭髮輕飄飄吹起。

「『嗯啊』是什麼？」

「冷死了。今天好像突然變冷，外套加上針織背心還是不夠……看來該拿出大衣了。」

「現在才十一月，還不用吧？是妳比較怕冷而已。」

「你自己還不是圍得緊緊，看起來很溫暖的樣子……嗚嗚嗚，冷死了。」

「大衣還太早，可是這個季節圍巾剛好。」

走在大河後方的竜兒脖子早就好整以暇圍上圍巾。這是資訊能力的差異——！竜兒得意洋洋的三角眼發出殘虐的光芒。早上的氣象預報說今天相當冷，仔細確認氣象之後，竜兒拿出幾天前就洗好預備的圍巾圍上。

「現在就穿大衣，冬天到了要穿什麼？話說回來，今天早上一起床，我馬上傳簡訊給北村，可是他還是沒回我……」

「這樣啊……」

踏著枯葉走在一如往常通往學校的櫸木人行道上。

竜兒空虛地確認簡訊之後，將手機收進口袋，解下圍巾從大河背後繞在她的脖子上。

「唔噗！」大河停住腳步。好機會，趁現在勒死囂張的大河，再偽裝成凍死……看起來像是這樣，不過竜兒輕輕地、以不讓大河感到呼吸困難的溫柔手法將圍巾繞上她的脖子。不過男用圍巾對嬌小的大河來說太長了，即使繞了三圈打個結，還是有好長一段垂在背後。

「唔、咕……」

「等一下，別動！如果捲進車子裡就慘了……好了！」

垂在背後的尾巴，在脖子後面打個丸子結就大功告成。竜兒拍拍打好的結，這個信號讓乖乖等待的大河再度邁步向前，漂亮的臉上浮現笑容：

「哈～～好暖和……復活……」

真像泡進溫泉的歐巴桑。「嘿嘿嘿！」竜兒犀利的魔眼閃耀不吉利的光芒，一臉得意：

「那是喀什米爾圍巾，價錢和泰子的薪水差不多，是兩年前的聖誕節禮物。很柔軟吧？」

「喔喔、喀什米爾啊……犧牲兔子的生命……」

「不是兔子吧……是山羊……？」

「兔子吧……？」

「算了，隨便。」大河滿足地磨蹭仍有竜兒體溫的圍巾，無視捲入圍巾的頭髮變得亂糟糟，像隻被抱個滿懷的貓咪安心瞇起眼睛，連心情都在說好溫暖。看來她是真的覺得冷，沒空理會其他的事。另一方面，沒有圍巾的竜兒，脖子只得冷颼颼地縮起來，突然暴露在寒風中的皮膚感覺好冷。他抓起立領學生服的前襟拚命忍耐，打直背脊告訴自己一點也不冷。

「話說回來，這麼冷的天氣……好擔心北村同學睡在哪邊的水泥管……真可憐……」

「水泥管……妳在說什麼啊，他一定會回家吧？」

昨天屍體北村像個瘋子般奔出教室之後便行蹤不明。打電話到他家是答錄機、打他手機也不接，而且不回電也不回簡訊。說起來父母都在工作的北村家裡平常就是電話答錄機，所以……應該不至於睡水泥管吧……可是……

「嗯——」連鼻子都埋進圍巾裡的大河皺起眉頭沉思：

「平常的北村同學太認真了，所以壓力在不注意時逐漸累積，才會突然爆發。」

平常除了三大需求（食＝肚子餓！睡＝想睡覺！性＝喜歡北村同學！）之外，鮮少像個普通人一般深入思考的大河，難得有這麼正經的意見。竜兒也贊同地點頭：

「現在回想起來，他的脫軌行徑，或許是排解壓力的自我保護舉動——雖然給大家帶來很大的困擾。」

「排解壓力真的很重要，我也必須排解一下才行。」

妳就免了，平常就已經時常排解——竜兒還沒說出口，大河就一邊低聲說著「排解排解——」一邊以快到驚人的速度揮舞拳頭（勾拳與直拳的連擊），竜兒不禁感受無法掩飾的恐懼。他將裝著兩人份便當的袋子緊摟胸前，像個少女一樣後退。如果每個人都能像大河這樣自由堅強地活著就好了……

「啊、小実！太好了，今天沒有被拋棄！」

大河注意到実乃梨在平常約定的十字路口對著他們揮手，立刻往実乃梨的方向飛奔，然後掛在她的手臂下搖晃：

「早！好冷喔，小実，冬天已經降臨這個世界了！」

「早——！好重喔，大河！我的手臂快斷了！有那麼冷嗎？太軟弱了，竟然還圍圍巾。你說是吧，高須同學，早安安！」

軟弱的人其實是我……竜兒說不出口，只能用嚴肅表情掩飾害羞，同時舉起一隻手回應笑容滿面的実乃梨。這般冰冷昏暗的早晨，実乃梨的笑容仍像夏日盛開的向日葵般耀眼奪目。此時実乃梨的鼻子慢慢靠近嗅了一下：

「咦？大河的圍巾散發男人的味道喔。在我弟弟打扮之後，洗手間裡也有這股味道……啊、這條圍巾該不會是高須同學的吧？他借妳的？」

真敏銳。慘了，這下子我自然流露的溫柔體貼，不就被実乃梨發現了？竜兒害羞地抓抓頭，準備以近乎猥褻的笑臉點頭說聲：「唉呀～被發現了真不好意思～～」可是——

「人家很冷，所以剛才硬從竜兒那裡搶過來的。」

大河用與事實有些出入的說法打斷竜兒。竜兒還來不及插嘴，実乃梨已經完全接受大河的說法，並且接著說道：

「咦——！大河怎麼可以這樣？高須同學會感冒啊！真那麼怕冷，我的運動褲借妳圍脖子吧！拿去，我洗過了！」

「免了——！不要——！為什麼我是軟弱，竜兒是會感冒！」

「別看高須同學那副模樣，可是纖細有如吉爾伯的少年……吧？是吧？我的小鳥……」

（註：「吉爾伯」和「我的小鳥」皆出自竹宮惠子的漫畫《風と木の詩》）

我不太清楚吉爾什麼的……不對，重點是「那副模樣」是什麼模樣？諸如此類的想法湧上竜兒心頭，不過他硬是吞下疑問，搖搖頭說道：

「我不是小鳥，也不覺得冷，再說圍巾也不是硬被搶走……」

「嗯！耍什麼帥啊。這條圍巾我可是費盡全力才得手的。誰教竜兒對圍巾那麼自豪，我就『姑且好心』幫你用一下。哼！感謝我吧！」

大河了不起地抬起下巴轉過頭去，繼續任由圍巾遮著半張臉，逃跑似的拋下竜兒和実乃梨先走一步。

「啊，喂！竟然自己走掉！真是——大河跟刻薄地主沒什麼兩樣！高須同學真的不會冷嗎？要圍嗎？」

実乃梨傻傻看著大河的背影，從手提袋裡拿出運動褲。

「咦？不用、我沒事，不要緊！用不著擔心！」

要他圍著喜歡女生的運動服（而且還是褲子），大大方方從正門上學──竜兒還沒有灑脫到這個地步。他並非對実乃梨的運動褲沒興趣，甚至可以說是興味昂然，可是要他圍在脖子上並且站在眾人環視的地方，這點他實在辦不到。正因為興味昂然，所以辦不到。

「是嗎？那就算了……不過我真正擔心的是北村大爺。他有和你聯絡嗎？我從昨天就不斷傳簡訊、打電話，可是他都沒回應……」

「我也一直聯絡不上他。不曉得他會不會來上學……」

「是啊……嗯──如果他請假怎麼辦……星期六、日也放假，星期一之前都見不到他，我有點擔心。」

並肩前進的兩個人，口中吐出的白色氣息隱約交疊。交疊部分摻雜每擔心一次就膨脹一次的憂鬱──這一刻沒辦法像竜兒期待的那樣甜蜜。

走在前頭的大河遇到紅燈停下腳步，竜兒和実乃梨稍微加快速度跟上大河，但是兩人都沒用跑的。実乃梨不跑的原因大概是因為知道趕得上紅燈；至於竜兒不跑的原因，則是因為即使不甜蜜，也希望有多一點和実乃梨並肩而行的時間。雖然心裡因為掛念北村而沉重，但至少還能夠有這麼一點……

「嗯──」実乃梨皺著眉頭，八成正在思考北村的事。接著看到她從口袋拿出護唇膏，竜兒連忙制止準備拿下護唇膏蓋子的手：

「啊！櫛枝不可以，不要邊走邊塗，會發生意想不到的意外。」

「說、說什麼傻話！你打算教訓我的作為嗎？這個惡毒媳婦！哪有可能發生意外！啊，還是你想說我年紀大！」

「誰在跟妳玩『婆媳遊戲』……我是說護唇膏可能會不小心插進鼻孔裡。」

「鼻、鼻孔？哪有那種事？連我都可以乾脆地反駁你不可能，有的話我真的會嚇到。」

「就是有，偶爾會發生。這個在到校之前由我保管。」

「咦──！這樣嘴唇會乾耶！會裂開！」

「有時候還有比嘴唇更需要保護的東西……」

「咻～～♪真會說話！沒辦法，就當是我請客，你拿去吧。」

実乃梨輸給（不確定是不是）竜兒的熱誠，把護唇膏擺在竜兒伸出的手心。竜兒打從心裡不希望実乃梨也有鼻子吸個不停的回憶，在重重點頭之後，把護唇膏收進自己的口袋裡。他絕對沒有想過之後要躲在廁所裡偷擦，沒、沒、沒、沒有！

「話說回來，女孩子真的是人手一支護唇膏。常常會想要塗嗎？」

他不是想掩飾心中深藏的欲望，而是真的覺得不可思議，所以才會發問。每天帶著護唇膏到處走的男生，竜兒認為至少自己的身旁沒有。

「是啊，會想塗，想要嘴唇一直保持水亮濕潤。追求水亮濕潤的女人心，不需要任何理由。大河也是隨身攜帶啊。」
「我知道，是妮維雅的『WATERING』吧？」
「那麼清楚！大河的事你都知道耶！」
「是啊。」
為什麼呢？因為它曾插入我的鼻孔——這句話竜兒說不出口，只是意有指地望向遠方，回憶強烈滲入鼻黏膜的薄荷感覺。「啊哈哈，這樣啊。」就連実乃梨不曉得為什麼有些遙遠的笑聲，也被薄荷護唇膏造成的心靈創傷蓋過。
「沒錯，我很清楚……而且很後悔沒在意外發生之前，沒收那條護唇膏……」
「喔，意外啊……呃，什、什麼意思？難道……」
意、意思就是……実乃梨發抖的視線前方，是大河把臉埋在圍巾裡，抬頭緊盯紅綠燈的模樣。她邊等著燈號由紅轉綠邊原地踏步，似乎想要踏死從腳底傳上來的寒冷，鼻子也躲進喀什米爾圍巾裡。她縮著肩膀，雙手在口袋裡握拳，甚至閉上眼睛。
那副模樣好像承受暴風雪的企鵝寶寶。竜兒差點笑出來，在千鈞一髮之際總算忍住。
「真有那麼冷嗎？」
竜兒來到大河身邊，對著她的白色髮旋開口。低垂的長睫毛頑固不動，繼續以企鵝寶寶的姿態吸了一下鼻子：

「……很冷啊，不過有圍巾稍微好一點。」

＊＊＊

「啊！來得正好！高須同學過來！跟我來！快點！」

「啥……？」

正在樓梯口換穿室內鞋，準備踏入校舍那一刻，突然有人抓住竜兒的手腕——那個人正是熟悉的單身班導。昨天晚上到底發生什麼事了？昨天打扮得無懈可擊的戀窪百合（30）現在竟然素著一張臉，頭髮隨意用橡皮筋綁起，身上是可憐的運動服打扮，再加上眼角的皺紋，整個人看起來老了一輪。

「怎、等、等一下……？有什麼事？我比較想問，妳為什麼突然老……」

「別管我的年紀！快點跟我來！」

單身完全無視一起到校的実乃梨和大河，抓住踩著室內鞋後腳跟的竜兒手臂快步往前走。而她的另一隻手則抓著別人——

「喔！川嶋！」

「啊～～高須同學早安～～♡現在不是說這個的時候！唉呀～～討厭死了！這是怎麼回事？

好煩喔～～！亞美美做了什麼嘛？搞什麼啊！」

「我也不清楚啊！」

看樣子亞美也是一進學校就被抓住，書包還背在肩上，就和竜兒一樣被強行拖走。不爽的漂亮臉蛋皺在一起，甩不開單身的手，只能任由她拉著……不，是拖著走。

「如果是高須同學被逮捕也就算了，為什麼連可愛的亞美美也一樣？」

「什麼叫我被逮捕『也就算了』……？」

大河和実乃梨還無法理解狀況，只是愣在那裡張著嘴巴，目送被拖走的兩人。

被強行拉上樓梯，無視所有問題，擁有意想不到力量的單身拖著可愛的亞美美和不可愛的竜兒，最後來到的地方是——

在幾秒鐘之間，竜兒還沒反應過來那個抬起頭的傢伙是誰。

「……喔！」

知道是誰之後，他的書包掉落在地。

「咦？啥！嘻……」

亞美睜大眼睛：

「啊——啊哈哈哈哈哈哈哈！那是怎麼回事、發生什麼事了～？」

竟然拍手大笑。現在是笑的時候嗎？竜兒不自覺轉過頭瞪著亞美。注意到竜兒的視線，亞美微微吐出舌頭：「怎～麼了♡」現在才裝可愛已經來不及了。室內氣氛原本就很差，亞美不合時宜的爆笑讓場面更加冰冷安靜。實在太尷尬了。

他們被強行帶到面談室，也就是學生之間俗稱的「說教房」。

單身在竜兒與亞美身後輕輕關上門。密室中除了他們三人，坐在正面的中年男子是出名嚴格的生輔組老師，旁邊那位黑色長髮清爽披在肩上的人，也是出乎意料的人物——

「大哥……不對，狩野……學姊……」

竜兒不小心脫口而出。連瞄過來的視線都有莫名的魄力，這個人就是學生會長狩野堇。外表纖細、穩重的清爽美女，個性卻豪爽乾脆，大家都稱呼她「大哥」，深受全校學生愛戴，是足以名留校史的知名學生會長。完美的大哥被捲入這個奇妙的狀況，仍然以冷靜的眼神震懾全場，大大方方將雙臂交叉在胸前坐著，真不愧是大哥。

竜兒和亞美兩人往下看，還有一個傢伙跪坐在地上。

竜兒應該不可能認識這種人。因為他一頭金髮，而且很明顯是自己用廉價脫色劑勉強染色，還因為做得太過火而造成頭髮毛躁、失去光澤——竜兒不可能有這種朋友……照理來說應該如此，可是在那個雜亂的瀏海底下，有個熟到不能再熟的銀框眼鏡，眼鏡後面有張熟到不能再熟的理性工整臉孔。

「北……北村，你……」

他認識那張臉。

「那……那顆頭是怎麼回事！這不是違反校規嗎……而且……而且……」

他不曉得該不該問，但還是問了。

「……」

沒有回答。北村仰望竜兒的視線很凶狠，像是在說——沒什麼好說的，你自己看。

北村祐作變成不良少年了。

他固執地搖晃滿頭金髮，對於死黨的問題也閉口不答，眼神裡帶著自暴自棄。仔細一看才發現鏡框扭曲，立領學生服最上面的兩顆釦子快要脫落，肩膀沾著沙子，髒到讓人懷疑似乎曾經被人壓在地上。

到底發生什麼事了？竜兒發狂的眼裡閃著藍色閃電——看我好好教訓你這個看不起人的傢伙！拿毒蛇編成的粗繩倒吊你！讓地獄之火燒盡你那頭金髮——他不是在想這些，只是害怕知道原本認真過頭的死黨身上究竟發生什麼事。

「啊，高須還有川嶋，看到這傢伙的頭，你們有什麼想法？」

有什麼想法？我怎麼知道……

竜兒不知道該怎麼回答，看向身旁的亞美。亞美彷彿完全沒聽見，好像整件事與她無關，一語不發繼續修整漂亮的指甲。生輔組老師以不容許開玩笑的僵硬聲音繼續說道：

「這傢伙頂著這顆頭上學，在校門口的輔導老師面前亂來。關於這些舉動，你們有什麼想法？知道原因嗎？不論我們問什麼，他都不回答，所以才請和他最要好的高須，還有青梅竹馬川嶋，以及在學生會一直很照顧他的大哥……大姊狩野過來一趟……狩野抱歉，在妳正忙的時候……」

「無所謂，只可惜我也幫不上忙。我不明白情況，再說他也已經退出學生會，和我沒有任何關係。」

北村退出學生會？竜兒差點忍不住開口，又覺得眼前不是插嘴的時機。但他想起來了，昨天發瘋的北村確實提過這件事。

完美的學生會長眼神冰冷看著金髮叛逆男，好似要將他射穿。北村像要閃避她的視線，扭過身子用力咬住嘴唇，以低垂的瀏海藏住表情。

「高須如何？有什麼線索嗎？」

「呃……這個嘛……該怎麼說……昨天、呃、有點……嗯……」

他想說得了「燃燒殆盡症候群」的北村已經失常好一陣子，還有昨天的爆發，可是他不曉得說出這些事實，算不算背叛北村？他想要有多一點時間思考，可是卻辦不到。

困惑不已的竜兒只得向單身求救。單身以疲憊不堪的眼睛回看竜兒，意思是「昨天的事我已經說過了」——看來單身八成是在放學之後就不斷在路上尋找突然奔出教室、斷了聯絡的屍體，今天也是一大早就來上班，等著屍體上學吧。就連重要的助教授等私事也割捨，可是做了這麼多，卻沒有獲得回報，才會一口氣變老。

「川嶋呢？妳有什麼想法？」

「咦～你這麼問我，我也很困擾啊……人家根本無法理解……」

亞美此時仍然不忘以水汪汪的吉娃娃眼睛，裝出可愛的傷腦筋模樣。就在現場所有人因為她可愛的做作面具傳說而粗心大意之際——

「……現在居然還有人用這麼好懂的方式耍叛逆？啊、真的有～那又怎麼樣？雖然根本不關我的事，不過真是超有笑點的吧～？」

她壞心地揚起嘴角，慢慢對青梅竹馬展開攻擊。乖張的黑心本性幾乎完全顯露，充滿嘲弄的視線有如子彈貫穿北村的身體，既殘忍又不偏不倚朝著誇張的腦袋落下。啊——竜兒只能仰望天花板。對了，亞美有時候是比大河還要惡劣，全身都是炸彈的女人。

接著她更是發揮天生惡毒的本領，向前踏出一步：

「祐作，我說你會不會對別人期待太高了——？『看著我看著我、擔心我擔心我、看我煩惱成這樣，來個人注意我啊～～！』這就是你想說的？啊——連看的人都覺得好丟臉～都

已經高二了，還大手筆染髮要叛逆，真是難看死了！國三開始就沒人那樣搞了吧？頂多是年過五十的上班族老爹會這樣遮掩白髮。話說回來，說真的，那個頭是什麼東西啊～？你自己弄的～？抱歉，老實告訴你，超．不．適．合．的～！」

啊——哈哈哈哈哈哈哈哈哈哈——☆說完話的亞美用手指著北村，再度捧腹大笑。她扭動身體笑到眼淚都流出來，絲毫不見任何體貼與擔心，也沒有一點客氣和猶豫。亞美粗魯的漫罵，連在一旁聽著的竜兒都覺得胸口好痛，彷彿被挖走一塊，忍不住想要跑到北村面前替死黨擋住亂刀。可是他辦不到。北村遭到青梅竹馬毫不憐惜地惡言諷刺，反而更加固執地低頭咬住嘴唇。

「呼——」疲倦的單身發出嘆息，她揉揉有些乾澀，因為沒化妝而冒出黑眼圈的眼睛，把手輕輕搭在竜兒和亞美的肩上：

「你們先回教室吧。對不起，謝謝你們。老師再和北村同學談一下就過去，朝會已經拜託副班導主持。可以的話，盡量什麼也別和班上同學說，明白嗎？我會盡可能讓北村同學看起來『什麼也沒發生』似的回到教室。」

「好，我們知道了……」

竜兒老實點頭，但是聲音卻被低沉凜冽的聲音打斷。

「我認為戀窪老師直接叫他回家比較妥當。」

聲音來自狩野菫。瘦長的身軀站起來，細長的眼睛發出冰冷光芒，強烈直視坐在地上的北村。她的視線沒有人類的溫度，站立的姿勢也近乎完美。在竜兒看來，她簡直是全方位零缺點，超越人類的人造人。

「沒必要在這個笨蛋身上浪費時間。既然他不打算開口，就別管他了。校規規定『嚴禁不適合學生的髮型』，他已經明顯違反。我認為在頭髮符合規定之前，都應該禁止上學。」

「……狩野同學也可以回去了。我還要和北村同學談談，謝謝妳過來。」

單身緩緩搖頭，以護著北村的姿勢扶著他的肩膀站起來，在椅子上坐下，然後和生輔組老師一起站著，魄力十足地包夾北村。光是這個舉動就充分傳達「不會姑息」的態度。看到這個景象，菫的視線也畫出華麗的軌跡從北村身上轉開。

事情很明顯地到此告一段落。菫起身行禮，竜兒與亞美也跟著一起行禮，留下低著頭的北村，走出面談室。

其他班級早就開始朝會了吧？靜悄悄的走廊上沒有半個人影。

竜兒隨意向菫行個禮，準備走向教室時——

「學——姊？」

亞美的甜美聲音在過度寧靜的走廊迴響。轉過頭的菫無視竜兒，直接和亞美對峙。明白的挑釁意味就連竜兒也感覺得到。亞美可愛的臉上刻意裝出做作女的惡毒微笑，似乎準備要煽動菫。雖然害怕還是想要阻止的竜兒，理所當然地被拋到一邊。

「狩野學姊，妳對祐作好像有些冷淡耶?啊～祐作真可憐～明明那麼仰慕學姊……可是狩野學姊，我記得妳之前對祐作沒有那麼冷漠……難不成妳最近和祐作之間發生了什麼事?祐作之所以要叛逆，該不會和學姊有關吧～?」

「這個嘛……」

不愧是菫，只是很有風度地從嘴角露出充滿男子氣概的微笑，無視亞美的煽動，準備再次轉身離開。竜兒忍不住對著她的背後開口：

「真──真對不起!說了那麼失禮的話……川嶋的個性非常差……」

過分──!這是什麼意思!竜兒堵住亞美吵鬧的嘴，朝著菫道歉。菫只是稍微揚起眉毛，表示她沒有放在心上。

「沒關係，我無所謂……個性差嗎?這樣有什麼不好?至少川嶋剛才對北村說的話，我認為她說得很對。看來北村有個很棒的青梅竹馬。好了，如果還有什麼問題，隨時可以找我商量。」

「好。那個……學姊，如果妳有什麼線索……」

「希望我告訴你嗎?其實有的。」

原本鞠躬目送菫的竜兒驚訝地抬起頭，旁邊被竜兒壓著腦袋鞠躬而不停掙扎的亞美也瞬間停下動作。完美無瑕的學生會長以冷靜的眼神看著竜兒與亞美，輕輕聳肩：

「雖然有，但如果真是我猜測的原因，我會對北村更加失望。」

她的臉上露出既不是笑也不是生氣的表情，只說了一句「再見。」就轉身往著三年級的教室，以毫不猶豫、充滿男子氣概的動作大步邁進。

讓狩野菫更加失望──竜兒目送菫的背影，同時用這個關鍵字在自己的腦中搜尋。

「這算什麼啊──自以為菁英的冷血女，超～討厭的！話說回來……」

亞美的手指一邊撥弄長直髮一邊開口，聲音響徹寧靜的校舍。竜兒連忙轉頭瞪著亞美：

「笨、笨蛋！剛才的話一定被她聽到了！」

已經來不及了。亞美冷冷地哼一聲說道：

「聽到就聽到，有什麼關係──我說的都是事實。原因明明就是那個女人，卻擺出一張不知情的臉，只留下一句引人聯想的『其實有的』也不說明重點，就和現在的祐作一樣！用那種方式說話，引起別人關注，希望有人了解。期待過頭了！妳以為世界繞著妳打轉嗎？」

亞美冰冷的眼睛毫不掩飾煩躁，美麗有如透著褐色的玻璃珠。說出口的尖銳言論讓人想壓住她，強行替她戴上做作女面具。

「妳這傢伙……嘴巴怎麼這麼壞……」

光要說出這句話，竜兒就費盡全力，不禁想抱頭蹲在地上。北村變成那樣、學生會長的反應、亞美說的話——竜兒的腦袋已經無法處理。

「因為人家很火大嘛～～」

「妳在說什麼！讓人感覺不舒服的人是妳！再說妳的話是什麼意思！那種說法，簡直就像全是狩野學姊的錯。」

裝可愛的亞美轉過身來，可是仍然不打算放過其他人：

「啥～～？高須同學，你還搞不懂嗎？一定是她的錯啊！祐作會變得這麼奇怪，原因除了學生會長之外，沒有其他可能了。再加上那個女人的說法……哼，八成是告白被甩之類的吧？啊～～無聊透頂——天啊！把亞美美的寶貴時間還來～～」

「告……告白？怎麼可能！為什麼會突然變成這樣？」

轉身過去的亞美搶先竜兒一步向前走。她甚至不想回頭，只是故意用力嘆息、垂下肩膀，對竜兒傳達「煩死了」的心情：

「高須同學啊，你老是看不到重點，雖然我並不討厭這樣，不過總有一天會成為你的致命傷喔。」

「什……」

什麼意思？竜兒雖然這麼想，可是既然嘴巴說不過亞美，所以也沒有繼續說下去。如果現場有大砲，他就會拿大河當成砲彈射擊亞美——只要大河願意火力全開，代替竜兒抒發心情，他也會讓兩個女人吵個痛快。亞美的指責才是女性特有的膚淺吧？

沒錯，把什麼都歸咎到戀愛，這就是女生慣有的輕率消遣。

北村確實對那位大哥由衷欽慕，打從一年級開始就拚命參與學生會活動，也老是說她是最值得尊敬、最了不起的會長。他身兼壘球社社長、班長等眾多工作，可是無論多忙，對學生會每天的雜務仍然沒有半句怨言，而且開心地擺在第一順位，並且努力做事。從一年級起就是北村死黨的竜兒，比誰都還要看在眼裡。

竜兒也了解那股熱情的核心是對完美大哥狩野堇的愛戀。狩野堇多麼有魅力，竜兒不用靠近就很明白。超優秀、超完美的狩野堇根本就是超人，無論是誰遇到超人，總會感到憧憬、焦慮、為之傾心。不難想像他們經常在學生會裡共處，那種欽慕之情自然更加強烈。

可是那股欽慕的本質，竜兒認為只不過是北村憧憬與尊敬比自己優秀的前輩，不可能是異性關係。北村與堇雖是異性，可是這裡要說他們是同性也可以。同樣身為男性，怎麼可能打從心裡由衷愛上一起工作的男性？竜兒認為亞美什麼事都解釋成戀愛的想法太過偏頗、膚淺又庸俗。北村的舉動不是「戀愛」那種輕浮的東西。對，應該是更高層次的——可以說是「憧憬」、為優秀前輩奉獻的火熱真心。一定是這樣！因為那個人是完美無瑕的學生會長，是全校學生可靠的完美領袖。

想到這裡，竜兒無意間注意到一件事，血液瞬間冰冷。

事情居然嚴重到讓北村退出一向重視的學生會？看來狀況也許比竜兒想像得嚴重許多。

「……咦？喂，那不是北村嗎？」

副班導主持的朝會時間開始了。就在點名即將結束時，二年C班捲起一陣騷動。坐在靠窗位子的某位同學率先發聲，引得全班一起站起來，無視副班導的制止，擠在窗邊往外看。當不成大砲砲彈的大河也拚命爬到這些傢伙的背上，揪著他們的頭髮，爬上頭頂看向窗外。

夠了！我要回家！

不准回家！笨蛋！

冷冷冷冷靜一點，總之冷靜下來～～！

不斷重複這些對話的三個人在樓梯口糾纏不清。他們分別是單身（30）、生輔組的中年老師，以及──

「金、金髮？那顆頭是怎麼回事！」

「不會吧！真的是丸尾？」

「騙人！北村變不良少年了～～！」

「給我回去坐好！不要看外面！混蛋，好──了！快坐下！」

副班導一個接著一個抓住他們的衣領，把大家拖離窗邊。可是傻傻的大河只能定睛不動注視外面的光景。正衝往校門的人……衣領被抓住、立領學生服前面的釦子彈飛、白襯衫的釦子也掉了、上半身快被脫個精光、不放棄地揮舞手腳掙扎，打算逃離老師拉扯的犯規的人……一定是北村沒錯。

頭髮雖然變成金色，但是肯定是北村祐作。

「好了，大家安靜坐下……唔……」

沒注意到自己的手肘下意識頂向新任男副班導的胃部，沉默的大河屏住呼吸，疑問溢上喉嚨──為什麼？

＊＊＊

北村最後還是被拖回學校，現在似乎被關在面談室裡。

「百合的英文和早上的課都變成自習課。我想可能一直在盤問吧。」

帶著情報回來的能登咬著叉子，在黑框眼鏡後面眨動的眼睛，露出打從心底的擔心，接著把番茄醬擠在看似冷凍食品的炸雞塊上面。

照理來說午餐時間應該很快樂，可是在同一張桌子上面對面攤開便當的能登與竜兒，以及靠在桌邊的大河等人，表情都很晦暗……竜兒早已超越「晦暗」，進入「恐怖」的領域。

「看起來什麼也沒發生」——單身的用心良苦宣告失敗，全班都知道北村頂著一頭金髮來學校了。即使如此，竜兒還是盡量不讓大家知道詳情，盡可能保護北村。想是這麼想，但是實際會有多少效果……

「爸媽會被找來學校吧……話說回來，這個時候春田上哪去了？」

呼——吃著炸雞塊的能登用手撐著臉，表情寫著「難吃」。

「大概去福利社買麵包了……北村的爸媽都在上班，我想不太可能上班時間把他們找來……不過頭髮變成那樣，爸媽應該知道了。大河，美乃滋。」

「嗯——」

愈來愈像父女了……能登低聲說道。竜兒當著他的面，把美乃滋擠在大河的炸雞上，也順便擠了自己的份。擠完之後立刻快速收拾空包裝，以免大河的手肘壓到、袖口沾到，而且連能登的番茄醬包也一起回收。「多謝多謝。」能登輕輕搖晃叉子。

「不過真是嚇死人了……北村到底怎麼了？簡訊被無視的感覺有點寂寞……」

「突然一頭金髮啊。」

「嗯，這要保密……啊。」

能登的一塊冷凍炸雞塊與竜兒的一塊自製南蠻雞瞬間交換。竜兒的心大半都在擔心北村，但是閃著藍白火焰的凶惡眼睛，立刻發現好友的便當裡全部都是冷凍食品，便以行雲流水的動作移動筷子交換配菜。

「謝謝，我還在想你的菜看起來好好吃。」

「吃吧吃吧，不是什麼好東西。」

「當然是好東西，高須做的菜超級好吃……呃？」

「嗚……」

大河以莫名悲傷的視線看著能登，嘴裡還不住發出呻吟。

「啊、妳也想要嗎？請請請，如果不介意這是我那個偷懶老媽愛用的冷凍食品。」

能登注意到大河的表情，將一個炸雞塊擺到大河的便當蓋上。今天你們的便當也是一樣啊……事到如今，能登也沒有心情說這種話。大河則是把竜兒做的蘆筍培根捲擺到能登的便當上。兩個人雖然沒有說話，但是彼此交錯的視線勝於雄辯。交換了……是啊，交換了……

能登和大河之間第一次產生人類的文化羈絆。

「唉……」

「呼——」

兩人同時嘆息又同時沉默。大河和能登也很擔心北村。

事到如今竜兒才想到——他的奇怪行為舉止，絕不是單純的燃燒殆盡症候群。假如能夠早一點發現異狀，或許就可以在問題擴大到讓老師知道之前解決。可是一切都太遲了，北村已經變成不良少年。如果今天兩人的立場相反，北村一定會在竜兒開始出現異狀時，就囉哩囉嗦確認狀況。

我真是……沒資格當他的死黨……

「喂喂喂！快閃開，下三濫！奉行大人（註：日本幕府時代的官職，類似現在的警政署長兼法官）！我把凶手帶來了！」

因為憂鬱而垂下的肩膀，受到驚嚇又聳了起來。

「怎麼這麼說話？太過分了！我又不是北海道人！」

「你這個混蛋，快對全國的北海道人道歉到喉嚨噴血為止！就知道吃！獻給純和螢以及北狐！《來自北國2007》，『孩子們還在吃啊——！』」（註：純和螢是日本連續劇《來自北國》裡的登場人物。「孩子們還在吃啊！」是劇中台詞）

「哈啾！」

突然現身的捕快勾住凶手的鼻孔往上拉，讓午休時間的教室瞬間變成衙門。而一屁股坐在竜兒、能登和大河腳邊的凶手是——

「能登！小高！救我——！櫛枝好過分啊！我明明什麼也沒做！也沒有燒掉父親的小木

屋啊！」

「要辯解等去了另一個世界再颼吧。」

「颼……？什、什麼意思？聽不懂啦！妳的搞笑每次都太高級了！」

天生傻樣的春田胡亂甩動長髮。按住春田不讓他逃跑的捕快正是実乃梨。

「春、春田，你在幹嘛？」

「我說櫛枝，妳也別穿著鞋子踩在他身上……而且誰是奉行大人……」

「每個人的心中都有奉行大人！每個人都有一個重要的——奉行！」

兩位男士忍不住幫助淚眼汪汪的朋友起身，還讓出一個位子給捕快。実乃梨坐下之後，用力拉住春田的下巴，催促他快說。

春田一面哭哭啼啼一面說道：

「我真的什麼也沒做啊……只不過昨天夜裡，北村打電話給我。我說：『喔——這不是北村嗎？今天到底怎麼了？』他說：『沒什麼～～害你們擔心了，真是抱歉～～』突然又說：『暑假時你不是染了一頭超帥氣的金髮～～？怎麼染的？大帥哥春田，教教偶嘛。』所以我告訴他去哪裡買染髮劑，還有塗抹染髮劑的時間大概是規定時間的三倍，接著用鋁箔紙把頭包起來，再用吹風機吹一吹就能閃閃發亮了～～！我只有教他這些！」

竜兒想了一下：

「你心目中的北村，似乎經過一番奇妙的修正吧……」

不，不是那樣。竜兒叫了一聲「喂！」以類似袋獾的表情貼近春田：

「你沒問他為什麼要問這種問題嗎？」

「呀啊！你的臉好可怕！」

雖然不及竜兒，可是能登也站在竜兒旁邊瞪著春田：

「是啊！我和高須昨天一直想聯絡北村都聯絡不上，所以擔心得不得了！你居然和他悠哉聊天？」

「我又沒想到北村會把頭髮染成金色～！啊——不過我覺得滿適合的……可能是遠看的關係吧？哈哈！」

拿「悠哉」來形容這個笨蛋也太便宜他了！他的蠢樣子引爆実乃梨太陽穴的怒火：

「啊，一股笨蛋以下的味道飄過來了！問題不在這裡！我們的問題是你為什麼接到在那種情況下回家的北村同學來電，卻沒有任何問題要問？」

「耶——！就算他跟我說一大堆，我也只會把他前面說過的事忘記嘛～！前面的記憶被後面的記憶擠出大腦了～！」

「王八蛋！你這個涼粉混蛋！涼粉腦袋！涼粉腦袋！涼粉腦袋！你如果趁當時好好問清楚，北村同學、北村同學就……！你這個天草涼粉四郎笨蛋！王八蛋！把你腦袋裡的東西全部擠出來！」

「哇～這樣我會很困擾～～！我還有生活要過啊～～！」

実乃梨拉住春田的前襟左右搖晃。此時有人按住她的手——那個人居然是大河。

「唉，小実，用大道理來教訓笨蛋，只是浪費時間。」

嘩啦！四面楚歌的春田眼裡迸出淚水⋯

「大、大河～～！沒想到妳竟然會幫我！我真是太開心了～～！太感動了！從今以後我不叫妳逢坂，改叫大河～～！也請妳叫我浩次！」

「誰准許你這隻無名流浪豬，用你的豬腳碰我！我和你很熟嗎？」

「呀！咿⋯⋯！」

春田正準備磨蹭過來的下巴，遭到大河無情地一腳踹開。大河低頭看向春田的視線帶有凝聚起來的侮蔑及不耐煩，蠢蠢欲動有如露出毒牙的毒蛇。「咕！」藏不住的屈辱化成血色，從發抖的薔薇色嘴唇裡滲出。是的，她沒有打算以大道理責備笨蛋，顯而易見的嫉妒已經把大河的心燒到焦黑——如此而已。

「反正⋯⋯我很火大⋯⋯！為什麼他連你這種傢伙都聯絡了，卻不聯絡我⋯⋯我也考慮了很久才傳簡訊給他、問他要不要緊啊⋯⋯！」

「喔！大河也有傳簡訊嗎？呵呵！幹得好——！」

耶——！坐在地上春田充分發揮蠢蛋本領，雙手指向大河，毫不在乎地踏進誰也不准觸碰的敏感話題：

「原來是這樣～妳吃醋了！吃醋了！看來真的和傳聞一樣，妳和北村正在交往——！好火熱！好火熱喔！大河和北村熱～呼呼！啊哈哈哈……唔！」

「竜兒，我可以幹掉這傢伙嗎？可以吧？」

大河單手抓住春田的臉高高提起，同時哈哈大笑。雖然在笑，可是瞪大的眼睛像個黑洞、大笑的嘴唇因為咬得太用力而滿是鮮血、「啊哈哈啊哈哈啊哈哈！」像個壞掉的洋娃娃，脖子左右搖晃，吱嘎作響。太過害怕的竜兒根本無法阻止她。

「呼、嗯……嗯…………！」

大河把春田整個人提起來，變成膝蓋跪地的姿勢。無法呼吸的春田開始抽搐，想要逃走而掙扎的手臂無力癱軟在身旁。搞不好真的會死！能登和実乃梨連忙想要鬆開大河的手，但他們的聲音已經傳不進發狂的大河耳中。抓著臉的右手「啪嘰！」一聲，發出什麼東西壞掉的聲音。

「啊哈哈哈哈哈哈哈哈哈哈哈哈哈哈哈哈哈哈——哈哈哈哈哈、哈哈！」

啊、真的死掉了……就在所有人只能呆立一旁時。

「喂——高須同學！丸尾說他要退出學生會，這是真的嗎？」

啪噠！春田的身體摔落地面，但他馬上抬起堅固耐用的笨蛋臉。大河、能登、実乃梨全都回頭看向說出這句話的人，她似乎真的很著急。聽到「學生會」的竜兒忍不住站起來。

「我剛才聽亞美說的！丸尾那麼重視學生會，他真的要退出嗎？聽說他叛逆的原因與學生會長有關，這也是真的嗎？」

那個人是麻耶，她正在焦急撥弄奶茶色的頭髮。平常要是北村不在，她根本不會靠近他們。麻耶背後的奈奈子眉毛也變成八字形，一臉困惑。然後奈奈子的背後是亞美。所有的事都被她洩漏出去了。單身明明要我們不要提，這傢伙卻全部說出去……竜兒瞪了她一眼，她也只是回了一句：「那又怎樣？」馬上裝出不可思議的表情側著頭。

這傢伙、這傢伙、這女人真是——！

「什麼？為什麼？妳們聽到什麼風聲了？亞美知道什麼嗎？話說回來，高須是不是有事瞞著我們？」

聽到推著黑框眼鏡的能登發問，竜兒還來不及說明，亞美就立刻開口：

「怪了～能登同學，你們沒聽高須同學說嗎？今天早上我和高須同學被找去說教房，在那邊見到祐作，還有那個什麼學生會長的人也在場，被問了好多問題喔～好像是學生會發生什麼事吧？學生會長一副全部知情的樣子～高須同學對吧？我們被百合老師強行拖走時，実乃梨和老虎也看到了吧？」

実乃梨接著說下去：

「嗯，看到了……狩野學姊知道北村同學叛逆的原因？學生會就是原因？喂喂喂，這些我還是第一次聽到耶。高須同學，你告訴我和大河，老師只問你知不知道北村同學變樣的原因吧？這到底是怎麼回事啊，媳婦？你認為告訴咱們這些老人家也派不上用場是嗎？」

「唔……！」

心臟好痛，腳快站不穩了，不如直接昏倒比較省事……可是人怎麼可能說昏倒就昏倒。

竜兒轉過頭，發現能登的視線責備他是個騙子，就連大河的眼睛也發出充滿殺意的血色光線。「唉呀呀——」看到這個狀況，亞美露出令人憎惡的甜美天使笑容：

「我說高須同學，你又何必說謊呢～？実乃梨他們真可憐，大家都被你騙了……明明都是朋友，大家也和你一樣擔心啊。說得也對，高須同學就是這種人——」

「高須同學……！你心中的奉行在哭泣喲！」

遭到心愛的実乃梨指責，竜兒不禁感到萬事休矣，自暴自棄地回瞪亞美：

「妳、妳！大叛徒！大家聽我說，不是這樣的！老師不希望事情搞大，要我們為了北村封口！老師說要讓北村恢復什麼事也沒發生的樣子！可是妳竟然說得那麼開心……！」

「難看死了。不過就是這種小事，說出來哪會有什麼問題？話說回來，這件事早就搞大了，我們也不是那麼清楚詳情～話說起來，什麼退出學生會的話，都是昨天祐作邊跑邊喊的，又不是什麼新情報。你們也記得吧？」

「第一次聽說……」

「嗯，第一次第一次。」

「他昨天有說嗎？」

「不，我只記得丸尾大吼大叫，害我嚇了一跳。」

「我也沒印象。」

「昨天一整天的記憶，早就不在我的腦袋裡了。」

眾人雙手抱胸、面面相覷，一起進入緊急會議。亞美冷冷哼了一聲，瞥了眾人一眼，揚起的嘴角完全暴露本性。此時有人輕戳她的肩膀。

「看吧，根本就是新情報！妳為什麼要把一切都說出來？單身就是不希望引起騷動，才要我們保持沉默的。妳到處宣傳是什麼意思？」

「咦——？人家生來就是天生少根筋，又不會撒謊，一不小心就說出口嘛。」

「假的啦！性格扭曲！妳這個邪惡的傢伙！」

竜兒說出口了。一直想說的話終於說出口，這種成就感不禁讓他微微發抖。可是面前的亞美眉間充滿冷漠：

「可別搞錯了喔，高須同學？我才不是邪惡的傢伙，我是真正的老實人。眼前就有人因為知道祐作真心離開學生會而感到開心不是嗎？還不是多虧有我坦白說出來？」

看那邊！亞美拇指所指的方向，傳來想掩飾也掩飾不了的竊笑聲——大河正在抖著肩膀。「唔哇！」竜兒硬是把大河拉過去，擋在她的身前不讓其他人看見她在笑，小聲問道：

「大、大河……妳的反應不對吧？現在不是笑的時候啊！」

就算壓住笑聲，大河仍像隱身暗處的野獸瞇起眼睛，靠著腹部肌肉發出無聲的笑：

「我當然擔心北村同學，也打從心底希望他快點恢復精神，可是、可是……可是！既然北村同學說要退出學生會，對我來說真是太好了！這樣一來，北村同學和那個像母蒼蠅一樣討人厭，自以為是的混蛋猴子老大之間，就徹底斷絕關係了……！」

這種自我中心的喜悅……怎麼會有人這麼自私自利？「你看吧！」——大河果然也和高聲大笑的亞美相同等級，是個邪惡的傢伙。竜兒蹙眉表情的險惡程度，彷彿剛被砍下而彈起的血淋淋腦袋，企圖咬下劊子手的頸動脈。女孩子的邪惡讓他沒來由地感到害怕。

「不管怎樣，丸尾變壞的關鍵就在學生會吧？嗯，昨天一講到學生會他就發飆，這樣一來就很合理了！對丸尾來說，學生會等於他的『命』，看來這個狀況真的超糟糕！我們能為丸尾做些什麼？」

麻耶緊握拳頭，熱情地挺身而出。「冷靜點冷靜點。」奈奈子安撫滿面通紅，似乎真的想要有一番作為的麻耶。

「對了，亞美！妳有沒有什麼好點子？」

「咦……妳問我嗎？」

「是啊，當然要問亞美，妳是丸尾的青梅竹馬，而且又很可靠。拜託妳，一起幫助丸尾重新振作！」

這下子做作女面具該不會失常吧……？竜兒雙手抱胸，偏著頭沒說出口的話——

「蠢蛋吉哪裡靠得住啊！」

「呀啊！」

——大河代為發言了。發言的同時，還一鼓作氣地把能登便當菜餚的冷凍薯條直接插進亞美的鼻孔，大膽又具侵略性地往上戳。「唔喔！沒打馬賽克！」能登與春田凝視亞美的鼻孔，竜兒則是被這一幕喚起薄荷護唇膏造成的心靈創傷，不自覺按住鼻子。看來大河又學會一招沒必要的施暴技巧。

「蠢蛋吉的『蠢蛋』兩字，可是愚蠢的笨蛋喲！蠢蛋吉的頭腦、氣質、優雅ｅｔｃ，還有最重要的溫柔體貼統統不夠。蠢蛋吉最擅長的只有模仿，可是也學得不太像。」

「很……很痛耶，混帳王八蛋！」

「唔咕……」

亞美用力敲了大河的腦袋，按著疼痛的鼻子流淚。「亞美面紙面紙！」「那個那個，給

我給我！」麻耶和奈奈子溫柔提供面紙，実乃梨也單手抓住嬌小大河的腦袋用力搖晃：

「喂──！大河──！不可以這麼亂來！」

另一隻手將垂落臉頰的頭髮撥回耳朵後面。

「不像的模仿哪裡不好了？三年～！B班！」

「櫛枝閉嘴！現在不是做那種事的時候！亞美的鼻子跑出鹽巴來了！」

「麻、麻耶，不用說得那麼清楚！」

亞美用力搶過麻耶手上的面紙，淚眼汪汪瞪著大河。

「老虎……我今天真的生氣了……」

「鼻孔裡的鹽巴閃閃發亮還這麼囂張，死禿頭。」

「我不是禿頭！」

「禿吧禿吧！」

「才不禿！」

對看不見的未來感到不安的全體男性，一起都陷入心如刀割的沉默。遺傳……壓力……對頭皮的刺激……年齡增長……忤逆不了的命運……貝吉達的M形禿……不！是拿帕才對！……微妙的男人心有如萬花筒，幻化出不安定的色彩。可是大河與亞美的互罵聲，完全沒有顧慮到在場男性幼小的心靈，愈發尖銳刺耳。

「啊，是啦是啦，蠢蛋吉是毛髮濃密的長毛怪，沒禿頭沒禿頭，妳就一輩子讓妳的斯圖加特濃密繁盛好了！」

「什麼——！我真的超級火大！我禿頭可以了吧！是，我禿頭！禿頭了！」

啊嗚嗚……不只是一旁的男生，亞美的宏亮聲音讓教室裡不具備Y染色體的女同學心裡也染上一層憂鬱。

「可惡！隨便怎樣都好！亞美美……亞美美已經懶得管了！妳就加油吧，臭小不點老虎！對了，聽說妳是祐作的新歡是嗎？嗯！蠢斃了！妳的腦袋、體貼、速度什麼的我是不知道，也許夠啦～～！哼！不過身高可是完全不夠喲！」

「咦咦咦！亞美，真的嗎？」

麻耶勇敢推開正要齜牙咧嘴的大河，緊張地大喊。亞美早已顧不得面具，完全露出本性，扭曲著美麗臉蛋大放厥詞：

「你們根本不清楚祐作的本性！那位愛撒嬌的好學生待在安全範圍裡哇哇大哭，只是為了受到矚目——！擔心那個笨蛋，只會讓自己看起來很笨！既然麻耶和奈奈子這麼擔心，我就告訴妳們。說實話，他不是妳們表面上看到的那種人！」

邪惡吉娃娃口無遮攔說完之後，露出勝利自豪的表情，並且氣喘吁吁、視線冰冷望著包括竜兒在內，所有因為擔心北村而面面相覷的同學：

「大家都忘了嗎？現在已經是高二的冬天，差不多該認真考慮升學考試了。姑且不管那頭金髮，他本人或許打算趁此機會逃避不順遂與麻煩。大家應該沒有多餘的時間管祐作吧？你們擔心他的時候，其他同年級的競爭對手已經開始上補習班、考慮未來出路、漸漸超越你們了。話說回來，好學生祐作或許會捨棄為了他浪費時間的你們，自己一個人拚命念書，並且考上好大學。他不用當學生會長也夠優秀，因為他是個有前途、受人愛戴的好孩子。」

想必他自己也很清楚，只要大聲哭泣就會有人來解救——

後面這句話不知為何像是自言自語。

現場沒有半個人能夠反駁亞美，面對正確過頭的言論，大家都說不出話來。啪！亞美輕拍一下手，再度戴回做作女面具：

「就是這樣。好了，各位！午休時間快結束了，準備接下來的課吧！時間有限，如果老搞些慶典之類的開心事，人生可是沒辦法前進的。好了，能登同學，快點把便當吃完。喂，春田同學，擦掉你的口水。高須同學，你的長相會被逮捕，趕緊去整形。」

「……要、要妳管！」

呵——呵呵呵。亞美突然改變態度，發出壞人笑聲揚長而去。竜兒只能空虛瞪著她的背影，轉頭看見戳他肩膀的実乃梨，因為謊言被拆穿而尷尬到語塞。然而——

「高須同學……不，高須同學心中的奉行，今天放學之後要不要去北村同學家看看？」

「咦……？」

実乃梨說出意外的提議，在抬不起頭的竜兒面前玩弄翹起的髮尾：

「唉呀──還是會擔心啊。就算見一面也好，雖然不曉得他在學生會裡出了什麼事，我們一起去看看吧？要我一個弱女子前往男生家裡探望也很尷尬。照這個情況看來，亞美一定不肯陪我去。大河去不去？」

還沒問她就已經擠在竜兒和実乃梨中間，探出頭來左搖右晃。大河表面上對実乃梨說的理由是：「我認為少點人去，比較方便和北村同學說話。」馬上一個轉身，對竜兒小聲說出自私自利的真心話：「我雖然很想去北村同學家看看，但現在更要緊的是讓事情依照現狀順利進行……老實說，我很希望北村同學就此和學生會切斷關係，所以……你想辦法讓情況繼續下去！笨狗KORO！」

和実乃梨兩人放學之後單獨外出──這種原本會讓人以打坐之姿飄浮空中的好事，居然降臨在竜兒頭上。

可是竜兒心中對任務困難度的擔心，影響內心雀躍的情緒。他把大河自私的願望當成耳邊風，根本不認為北村會因為他們的登門拜訪而乖乖聽話。他不懂北村的想法，也不相信這一切正如亞美所說，源自於北村喜歡學生會長。

雖然不知道原因，可是北村真的變成不良少年。這件事和學生會，也許可以推論與學生會長有關。走一趟北村家看看，希望多少獲得一點讓北村重新振作的線索，就算是再細微的蛛絲馬跡都好。

下午的課開始了，竜兒的臉仍像中毒一般可怕，沒有一名老師能夠正視。無趣的古文課就在老師不敢警告竜兒不准看窗外的情況下，拋下不在教室的班長，黯然地進行下去。

3

竜兒把書包擺在腿上，規矩地蹲在校門口。他正在等待剛要走出學校，就被壘球社學妹叫住的実乃梨。「ＢＹＥ ＢＹＥ！」「明天見！」一年級女生在竜兒面前揮手互道再見之後，往左右兩邊走開。讓她們受到不必要的驚嚇就太可憐了——因此竜兒故意低下頭不看她們，不擺出發現獵物的姿態，也不鎖定攻擊目標，只是逕自盯著擦得光亮的鞋尖。

在這個黃昏時分的白色天空底下——

「抱歉抱歉，讓你久等了！走吧！」

「喔、喔。」

実乃梨踏著輕快的腳步聲，揮動書包跑出校門口。起身的竜兒也若無其事地走在她身邊。雖然他早知道只要靠近她，就能隱約聞到頭髮的清爽桃子香味；雖然心頭還有一塊名為「北村變了」的憂鬱巨石壓著，但是竜兒的心臟仍然因為那股熟悉的香味，誠實地高聲狂跳。也因為竜兒的為人規矩，所以和実乃梨首次獨處的放學路上，他沒有胡思亂想，也沒有失去冷靜，只是筆直朝北村家邁進。

「要稍微走一小段，可以嗎？」

「喔，沒差沒差。高須同學知道北村家在哪裡嗎？」

「過了大橋那裡。就在高速公路高架橋旁邊，全部都是透天厝的住宅區。」

「原來如此，在市中心啊。離我家滿近的。」

実乃梨明白地點點頭，腳步不知不覺愈走愈快。快要被不合理的速度拋下的竜兒，連忙小跑步追趕実乃梨的背影，想說出一直想說的話，戰戰兢兢拍了実乃梨的肩膀：

「等一等！那個……中午的事……抱歉，我沒告訴你們北村的事，對不起。」

「唔！」

才碰到肩膀的下一秒，她就被路面些微的高低差絆到，發出奇妙的聲音——並不是為了要閃避竜兒的手而跳開。

実乃梨差一點摔倒，又靠著自己保持平衡。如果是大河，這種時候一定會摔倒。真不愧是実乃梨，沒讓嚇一跳的竜兒出手幫忙，便「嘿嘿嘿……」笑了幾聲掩飾被絆到的尷尬：

「哇──喔，嚇死人了，好險……沒關係。沒辦法啊，是百合老師要你別說的。」

実乃梨一面點頭，一面對著竜兒比出V字手勢：

「我沒特別放在心上，一看就知道高須同學也是真的擔心北村同學。」

她慷慨地原諒一切，等待竜兒再度往前走的腳步速度也比剛才慢，兩人終於拉近到能夠對話的距離。

「我這個人不知道變通……老師說什麼就做什麼……生下來就是這樣，連作業也不曾遲交，我……」

「好了好了，高須同學的個性就是這麼老實。」

「……幸好有比我還老實的人，所有的一切才會攤在陽光下。」

「啊哈哈，你說亞美啊。」

兩人吐出的氣息隱約泛白，消失在冰冷微暗的暮色裡。同時出現在他們兩人腦海中的表情是──要去祐作家？喔～你們兩個真是有心。嗯～而且看起來超開心的，感情好到教人羨慕呢──早早回家的亞美，笑容比在夢幻森林玩耍的妖精更加天真無邪，不過還是不忘散播對人體有害的劇毒。

想到她竜兒就一肚子火。最近與北村相關的一連串事件，亞美的反應都教人發火。

「真是的，那傢伙是怎麼回事……前陣子還莫名裝出一副懂事大人的樣子，幹勁十足的裝老大。這次卻把做作人格全部捨棄，完全以壞人姿態登場。」

「有什麼不好。我喜歡大人亞美，也喜歡壞人亞美喔。」

「又合妳的胃口嗎……」

從與大河是死黨這點來看，可見実乃梨對女孩子的好惡真的很特殊。想到這個不算愚蠢的事，又讓他想起自己與大河也是近乎同居，而且還單戀実乃梨。在旁人的眼裡，應該也會認為竜兒的品味很奇怪吧？

竜兒第一次和実乃梨兩人一起走過每天早上実乃梨等待大河與自己的十字路口，朝高須家的反方向走去。枯葉在櫸木人行道上隨風飛舞。

「亞美——」

竜兒正打算悄悄偷看実乃梨的側臉，吹來的冷風讓眼睛不自覺閉上。

「她一定也和我們一樣擔心北村同學，說不定比我們還要心疼。」

「……就她那種態度？」

「是啊，我是這麼想的。你想想看，亞美從很早之前便開始在大人的世界工作了。」

嗯。等待竜兒點頭的実乃梨繼續說下去，雖然語氣莫名冷淡，卻帶有強烈的確信：

「亞美比幼稚的我們更清楚世間險惡。對於青梅竹馬的北村同學，也知道我們不知道的事，可是誰都不了解她其實最清楚事情的原因。面對周遭的不成熟，她仍然耐著性子陪我們一起幼稚。並不會隨便敷衍，而是好好對待我們。亞美說的每句話都正確到讓人害怕，很少能有朋友願意像她那樣，對我們說出『真相』吧？一般人總會害怕被討厭、被排擠，而說些溫柔好聽的話，不是嗎？」

「……她只是單純個性差吧？有那麼值得稱讚嗎？」

「不對，亞美是好人，超級大好人，這點我絕對可以肯定。高須同學其實也知道吧？」

「很抱歉，我不知道。她只不過是露出本性而已。已經到了這個地步，妳還會被她的外表所騙嗎？」

「唉喲，不管本性或外表，騙人或說實話，亞美就是亞美。她今天說話那麼衝，我相信一定有她的理由。或許該說——」

實乃梨突然抬頭看向竜兒的臉。

視線交會，竜兒知道實乃梨是認真的。

「——我希望她保持這樣。這麼說很抱歉，不過無論是我或高須同學，一定都有很多不了解的事不是嗎？希望對方了解卻辦不到。這種時候的亞美，我想只有亞美全部都懂。該怎麼說，她就像是我們這些幼稚又無法理解他人and無法讓人了解我們的……最後的救贖……啊，我在說什麼……真是的——」

実乃梨突然移開視線、閉上嘴巴、轉身大步往前走，嘴裡低聲說道：「北村同學家在這邊吧？」她的耳朵有點紅，似乎是對自己過度認真的發言感到難為情。我就是喜歡她這一點——竜兒的心臟突然充滿滾燙的能量。

染成通紅的害羞臉蛋好可愛……不是這個，而是喜歡她毫不害臊的認真模樣。窺見到她那一心一意專注模樣的瞬間，讓竜兒好幾次更加喜歡她。

実乃梨比誰都溫柔、誠實、坦蕩，給了我溫暖的血液。以正確的力量閃閃發光，像太陽一般熾熱又耀眼地照耀我，直達憂愁鬱悶的心靈深處。

「櫛枝……該怎麼說……很溫柔呢。」

一句平凡的稱讚，卻是竜兒傾注全力說出的心聲。

「溫柔！」

突如其來的聲音彷彿哀號，嚇了一跳的実乃梨停下腳步，猛然轉身抬頭仰望竜兒的臉。買完東西準備回家的孕婦與他們錯身而過，驚訝地睜大眼睛看著路中央面對面的兩人。

「才沒有、不對！我這個人只有無限傲慢和——」

從実乃梨的表情分辨不出她在笑或是生氣。她勉強擠出小小的聲音說道：

「——狡猾而已。」

不給人追問真正意義的機會，実乃梨低著頭彎下背。

「櫛、櫛枝……？」

「……」

她有如凍結一般動也不動。竜兒猶豫的手伸在空中，心想該不該撫摸她的背，應該說出口的好聽話也接連從喉嚨逃走。

「櫛枝……喂、喂……我在、叫妳……」

就這樣無所適從過了數秒。

「……唉呀！抱歉！我的回合就PASS吧。沒事的，城之內同學！」

実乃梨終於抬起頭，臉上帶著憂鬱與困惑等複雜表情，不過還是姑且擺出笑容……

「唉呀——最近、真的是、有的沒的、該怎麼說……嗯、對不起，我沒事，真的不要緊！抱歉抱歉！」

「什麼意思嘛？」

「咦？」

竜兒雖然遲疑要不要說，但是還是開口……

「臉上表情那麼複雜，又突然莫名其妙……道什麼歉啊？有的沒的是什麼？還有誰是城之內啊？」

「啊，不是抱歉……呃……嗯……也對。」

「我雖然當不成『最後的救贖』那種偉大角色，但是……我想好好了解妳。懂妳的人，不一定要是川嶋吧？我也可以吧？不行嗎？我就不行嗎？我雖然如妳所說不夠成熟，即使如此……我還是想知道妳的一切。」

——這簡直就像一點一點逼近。

逐步地、不被發現地匍匐靠近。

竜兒說出真心話，悄悄縮短距離，企圖接近実乃梨。希望她有所回應，不想被發現，卻又希望她發現。等待她反應的幾秒之中，咬緊嘴唇的竜兒忍耐嘴唇的乾澀，把手插入口袋，不想自己冰冷的手指被人發現。

「……會覺得可怕吧。」

然後——実乃梨開口了，她揉著眼睛想要掩飾表情，只有嘴角笑了一下…

「高須同學，你一定把我想得很好。可是哪一天當你看清楚之後，到時候一定……」

「時間有限啊！」

竜兒突然放聲大喊，実乃梨嚇得抬起低下的臉。

「川嶋不是說過嗎？她說得沒錯。任何事情都有時限，無論換班級、畢業或是壽命。妳打算繼續讓『幼稚的高須同學不懂』直到時間結束，然後就此分開嗎？我不打算永遠幼稚下去，而且我也沒把妳當成不用上廁所的清高聖人，妳放心吧！」

無論如何我就是喜歡妳，放心吧——這句話竜兒只說在心裡。不管妳表現出什麼樣貌、不管妳是不是和我所想像的一樣，我永遠愛妳——這番得意忘形過了頭的話，竜兒實在說不出口。不過想說的話、應該說的話都已經說了……不對，等一下，這樣會不會太輕易流露感情了？說了一大堆之後，竜兒突然膽小了。後悔也來不及了！似乎有點操之過急，可是說都說了，又能怎麼辦……事到如今竜兒才在仔細檢討。

「閃亮閃亮閃亮閃亮……」

「什麼……」

在実乃梨光輝燦爛的奇怪舉動前，不論是後悔或是纖細的男人心或是什麼東西，全都有如幻夢一般煙消雲散。

她的雙手以類似佛像的動作張開，表情沉浸在安穩的思維中。雙眼半睜，視線像是在撫慰、憐憫大千世界芸芸眾生的行為。実乃梨在馬路中央頓悟了，嘴裡唸著「閃亮閃亮」具體形容全身上下散發的輝煌光芒，張開雙腿以腳尖支撐全身體重，保持漂亮的三角平衡：

「告訴你喔，高須同學的話差點讓我昇天了……閃亮閃亮……我真的很開心。此刻的我覺得只要你能明白我開心的感覺，那就夠了。然後總有一天，只要像現在這樣等待，全部明白的那一天就會來臨……閃亮閃亮……」

竜兒快要被吸進繼續閃耀的実乃梨世界裡，不禁用力踏穩腳步。也就是說，最後実乃梨還是沒辦法說出她的心事，不過總有一天願意把心交給竜兒——実乃梨的詭異舉動想傳達的就是這點。這樣的解釋會不會是我自作多情？可是不管那麼多了！如果我誤會，也只能怪閃亮小実的說法太過模稜兩可。

這種覺悟真不錯——竜兒不由得笑了起來：

「沒關係，今天就先這樣，我已經把想說的話全部說出來。該怎麼說……總有一天，我想我會更希望了解妳的一切……不過我也覺得現在先這樣就夠了。」

竜兒一口氣把話說完。在他面前，実乃梨的臉像是融化一般，變成小嬰兒即將嚎啕大哭表情，不過——

「……！」

在沉默之中，実乃梨原本那張快哭的臉，瞬間變成開懷的笑臉。從對著竜兒綻放的笑容可以看出她真的很開心、很溫柔，微微顫抖的嘴巴似乎打算說些什麼，可是一句話也說不出口，像是再也說不出任何話語，以手握拳遮住嘴唇。

原本應該溢出喉嚨的話語，最後還是沒有傳達給竜兒，但也沒有因此感到遺憾。今天就到此為止吧——竜兒笑了。

呵呵。実乃梨微笑瞇起眼睛，可是在那麼一瞬間，她的雙瞳抖個不停，彷彿發現竜兒頭上有什麼東西從空中飛過來。

兩人意識彼此之間微妙的距離感，帶著些許的沉不住氣，總算抵達住宅區。北村家就位在缺乏綠意的灰色街道上，排列在古老大宅與新建小型住宅之間。或許是上天洞察一切，竜兒和実乃梨正站在不算太大的古老透天厝前面，陷入互看彼此傻臉的窘境。

按下「北村」門牌底下的門鈴，沒有人回應。北村大哥擦得發亮的摩托車停在門口，二樓的窗戶沒關，北村媽媽跟公司借來、貼有保險公司貼紙的電動腳踏車也停在一旁，可是無論按幾次電鈴，都沒有任何回應。

「沒有人在家嗎？嗯……」

実乃梨低聲唸唸有詞，試著用手機打給北村──果然沒人接。留言的訊息還沒說完，実乃梨就闔上手機。竜兒的胸口突然涼了半截。撒嬌耍性子到了忘記朋友嗎？一陣冷風像是冰涼的手撫摸胸口，從立領學生服的縫隙吹進來。圍巾今天也借給大河了。

＊＊＊

「我回來了……門要記得鎖啊，因為最近實在發生不少怪事，變態並不會因為妳是個小孩已經上高中的歐巴桑而住手。啊——東西好重。高麗菜很便宜喔。」

竜兒走進昏暗的玄關。準備晚餐前的這段時間大河不在，是只屬於泰子與竜兒的親子時間。靜悄悄的屋子裡，只聽得見電視的聲音，竜兒只要一鬆懈，就會變得比平常還要嘮叨。他穿著制服直接走向廚房，一邊說話一邊放下裝有高麗菜而鼓起的環保袋（自製品。在跳蚤市場花了五十圓購買包巾布縫製而成，不但相當牢固又能裝不少東西。帶去學校時還曾引起手藝社女生的討論，因而選在某天放學之後，由竜兒指導十五名手藝社女生如何製作。不過話說回來，和風花樣真是好看！）俐落地把生鮮食品收進冰箱，拿起兩顆高麗菜，手裡再度感受沉甸甸的重量。

「這是真正來自群馬縣的高麗菜，卻只要這個價錢！市中心的超市真不錯。問我為什麼要去到那麼遠？今天發生了一件大事。北村，那個北村竟然變成不良少年。妳也嚇到了吧？他突然頂著一頭金髮現身。如果問我適不適合……一點也不適合！有夠奇怪！可是那一定是什麼徵兆。反正我們很擔心，所以跑去他家想看一看、問一問，可能他卻不在。傷腦筋，那傢伙真是的，就是會找麻煩……結果我忍不住自暴自棄買了高麗菜等等……喂，不是說過杯子用完至少用水沖一沖嗎？因為妳只喝甜的東西，喝完也不把杯子沖一下，竟然連天氣再冷也不會凍死的變種小蒼蠅，都黏在沒洗的杯子上死掉了。杯子可不是黏蠅紙啊。可是這些小蒼蠅到底從哪裡來的？我們家垃圾整理得超級乾淨，應該沒有地方可以孳生小蒼蠅……該不會是從房東家來的吧？房東家裡只有一個老人，老婆婆的個性很認真，而且又沒做什麼怪事情。不過這些小蒼蠅……」

「小蒼蠅也可能從戶外或排水溝入侵……不過不用我說你也知道吧……」

「……！」

準備洗杯子而拿在手裡的海綿掉進洗碗盆，椰子洗碗精溶進水裡變成細小泡沫消失，這下子浪費了。

客廳裡的電視開著，坐在矮飯桌前的人應該是泰子。因為住在這個家裡的只有兩個人，最糟（？）的情況頂多是大河，可是你怎麼會在這裡——驚訝過度、發不出聲音、心臟狂跳、毛孔全開、毛髮豎起，只有腦袋角落還在冷靜思考——如果碰上強盜，也會像現在這樣發不出聲音吧？只不過剛才想見面的傢伙恰巧現身，自己就發不出聲音。

「我離家出走到你家，好像給你添麻煩了……抱歉。」

竜兒勉強對他舉起滿是泡沫的手——這是他使盡全力做出的反應。

規矩坐在矮飯桌前面的金髮男，身上仍是早上看到的髒制服，同樣舉起一隻手，定眼注視站在廚房的竜兒。打什麼招呼——你跑到哪裡去了！為什麼不和我聯絡？大家都很擔心你呀！究竟發生什麼事了？想說的話太多，結果全部哽在喉頭。

「我回來了～～☆啊、小竜的鞋子？也就是說～～哇啊～～小竜回來啦～～！我說我說聽我說～有大消息喲～～！北村跑來我們家了～～！啊、你看你看他在～～！所以泰泰去全家便利商店幫北村買內褲回來了☆人家最後一件絲襪也破了，所以順便買一下～～！咦？怎麼了？你好像一點也不興奮～～」

過於稀疏的眉毛、有點孩子氣，沒有化妝的臉蛋、兼作睡衣的UNIQLO縐巴巴家居褲、沒穿絲襪的腳、上半身是竜兒的國中運動服——以這副姿態現身的泰子露出開心的微笑，悠哉地把裝有內褲的塑膠袋交給北村。北村開心接過內褲說道：「多謝！喔、真是條好褲子！」現在不是做這種事的時候了！竜兒有好多話想說，還有……「離家出走」是什麼？

離家出走……離家出走！

他離開北村家，跑來我們家了！

還在晚餐時間！

可是我只準備了三塊炸豬排！

怎麼辦！

兒子的內心持續震驚與混亂，親生母親疼惜地輕撫兒子的肩膀，心情莫名大好：

「小竜，今天泰泰要和靜代（毘沙門天國第二號紅牌）約好上班前去吃燒肉喲～～所以今天不用準備人家的晚餐～～」

「去……去吃燒肉。喔、這樣的話炸豬排就沒問題了……話說回來，一般不都是下了班、天亮時分才去嗎？叫什麼『AFTER』的。（註：意指特種行業的女性與客人在營業時間結束之後去吃飯）」

「不行～下班的泰泰已經醉得一蹋糊塗，沒辦法用日文溝通了～因為之前靜代有個論及婚嫁的男朋友，本來以為是三十歲的公司老闆，其實只是十七歲的打工族～真是想不到吧～心情低落的她還說：『這算是犯罪吧～』之類的話。總之泰泰想趁著還沒喝酒，先當她的聽眾～」

「……聽完之後事情就能夠解決嗎？」

「不知道。可是燒肉☆入口即化的特級里肌☆油脂豐富的牛腸☆可以讓人返老還童☆」

根本只是想吃燒肉嘛。呵呵呵呵嘿嘿嘿——泰子回到自己的房間換衣服。竜兒讓規矩跪坐在榻榻米上的北村移駕到坐墊上，正在思考要不要端杯茶給他，泰子從關起的紙拉門裡伸出一隻雪白的手，示意要兒子過來。竜兒一靠近，就被泰子拉進房間裡，並且關上紙拉門。

她小聲說道：

「……別告訴北村喔，人家已經聯絡北村家裡了～反正明天是星期六不用上學，泰泰也不用上班，就先讓他待在我們家吧。」

「那這個……還能算是離家出走嗎……？」

「不算啊，只能算過來住一晚而已～其實有個東西……」

泰子從散亂放置化妝品等東西的整理箱中拿出一張紙，上面有著漂亮字跡的署名和蓋章——那是神祕的正式誓約書。

北村家與高須家雙方的兒子若是離家出走，要盡快聯絡對方，明白知會兒子所在之處，特此宣誓。北村啟子。印。高須泰子。印。

「喔？喔……什麼時候冒出這種東西的？」

「泰泰去年不是買了北村媽媽公司的保險嗎～？一時興起就做了這個東西～所以小竜，如果你想離家出走，跑去北村家馬上就會被泰泰知道了，要小心喔～」

「妳都已經告訴我了，這算什麼陷阱嗎？」

「耶～？你說什麼？啊～！對喔！唉呀，忘了吧忘了吧～！」

臉蛋染上桃紅色的泰子揮舞四肢，扭捏作態地要竜兒忘了剛才的事。竜兒拋下穿著運動服的親生母親，大聲關上紙拉門，不知不覺凝視打掃得乾乾淨淨，連一顆灰塵都不准存在的房間角落，心想泰子腦裡的螺絲或彈簧，該不會又掉到哪裡去了吧？

北村或許是看到竜兒銳利的眼神，還是對他們母子兩人的密談有奇怪的誤會，彷彿直到現在才發覺，過意不去地聳聳肩，搔弄頂著金髮的腦袋：

「高須，那個……果然還是太突然了，抱歉沒有事先通知你……」

「不要緊不要緊。」竜兒認真地搖頭揮手回應：

「驚訝歸驚訝，不過你到我家裡來反而好，否則我不曉得你發生什麼事，也很擔心你會不會出事。」

「泰子叫我進來，我就厚著臉皮聽她的話……」

「啊，好了好了，你就悠閒地離家出走吧。有我陪著你，明天我們找個地方散散心。你心底一定積了不少話想說吧？」

「……」

金髮男在微妙的時候沉默——

「肚子餓死了——！今天的晚餐吃什麼肉？」

啪咚——！破舊屋子的玄關大門被豪邁打開，凶猛的蠻橫暴行似乎打算弄倒整棟屋子，「那傢伙」今天也來了。每天同一時間響起的肚子鬧鐘，以及未經同意就擅自拿走的備用鑰匙。這種厚顏無恥的登場方式竜兒當然早已見怪不怪，倒是北村一臉驚訝地睜大眼睛。這下糟了……聽到裝模作樣大步走近的腳步聲，竜兒暗自屏住呼吸。他擔心的不是北村，而是看到這副光景，那傢伙會死吧……看來葬禮也是由我們家來辦。

然後——

「喂，什麼肉啦？什麼魚？回答我！今天的晚餐到底是……」

「啊，逢坂？真是巧啊！怎麼了？妳也離家出走嗎？」

岔開雙腿站住，紅格子的棉質波浪滾邊連身洋裝，搭配連帽針織開襟羊毛上衣，裝扮厚實的大河臉色迅速由白翻青，接著變紅又變青，最後終於像是太熟的番茄，變成暗紅色。

「Oh……！」

變成外國人了。

大河的自我國境崩塌毀壞「What's、Why、嗯、啊……！」她一面說著意義不明的話語，一面轉身倒下。

「咦！逢坂？喂，高須，逢坂，逢坂不妙了！」

不用北村說也看得出來大河的情況不妙。竜兒連忙上前扶起她：

「大、大河……醒醒啊！活過來啊！北村離家出走了！今天晚上要住我家！」

竜兒拍拍大河的臉頰，大河好不容易活了過來。睜開顫抖睫毛下面的眼睛，她順勢翻身換個方向在地上爬行，沉默地用手扶著牆壁，一邊發抖一邊起身，然後僵硬地走向玄關「啪！」關上門。慢慢數到五之後「叮咚——♪」按下幾乎不曾按過的高須家門鈴。竜兒嚥下口水往玄關走去。這樣子怎麼可能矇混過去？太勉強了……明知道無法掩飾什麼，竜兒還是打開門——

「今今今今今今——」

大河臉上掛著十分可疑的笑容面具，結結巴巴說道：

「——今天謝謝你邀請我過來！」

「請……請進請進。」

竜兒領著她進門，走進家裡看到北村「唉唉唉唉呀！」大河爽快地舉起發抖的右手：

「真真真真真巧啊，北北北北北村同學。」

「喲，逢坂！又見面了！」

這種情況根本不可能矇混過去！明明如此，可是……該說是落落大方還是不拘小節，北村對著樣子十分詭異的大河微微一笑。這個金毛男！這個離家出走男！這個內褲都要別人買的傢伙！

泰子去吃燒肉＆工作，高須家裡只剩下三個小鬼。廚房裡以一小節16拍速度切高麗菜絲的聲音響徹屋內，然而在客廳裡——

「妳之前說過住在隔壁的大樓，我不曉得原來妳一個人住。」

「我、我沒提過嗎？泰泰說我可以每天過來吃晚餐，既然她這麼說，我就不客氣了……」

「原來如此，住在高須家旁邊真是太好了。」

「嗯、嗯。啊——喔。」

「喔，小鸚和妳也很親近，還來舔妳的手指。喔……那個舌技真是大膽……」

竜兒偷偷轉頭看往背後結結巴巴對話的兩人。不對，結巴的人只有大河，北村還是和平常一樣我行我素，開心望著大河餵食小鸚高麗菜。兩人的動作同樣放鬆——同樣趴在榻榻米上、抱著對折的坐墊散漫搖晃雙腿、手撐著臉頰、面對面分踞鳥籠兩側。

「不過還是榻榻米好。我家的和室在好幾年前因為爺爺被改建業者欺騙，全部換成看起來很便宜的組合地板，所以少了能夠滾來滾去的房間。」

「我、我家也是西式房間……還是榻榻米好……」

「還是和室比較能讓人平靜。這個樣子雖然懶散，但是我也希望在家裡滾來滾去。」

「我們真是合得來……嘿嘿。」

北村家與大河所住的大樓房間，雖然同為「西式房間」，我想應該差很多吧？不過既然他們一副感情很好的模樣一起點頭認同，那就別計較了——竊笑的竜兒繼續切高麗菜絲。菜刀在無比華麗的速度推波助瀾下，發出有節奏感的聲音。他刻意不和兩人說話、大河像來到陌生環境的貓咪一樣溫馴、一頭金髮的北村很放鬆，從一旁看來，兩人的感覺很不錯。

搞不好兩人會意外地順利交往。竜兒將刀刃插進高麗菜心，凶狠眼中的藍色火焰瘋狂擺動——他不是在對死神發誓要把他們逼到地獄盡頭，不論經過幾次轉世都要破壞他們的感情！可以說是歪打正著嗎？感覺北村的脫序發展至今，卻意外帶來各方面的好結果。雖然對北村很不好意思，也很為他擔心，不過他本人這樣看起來也很好。或許在學生會裡遇到不開心的事，但是只要離家出走幾天、稍微體會一下叛逆的感覺，也許就會恢復了。

「小鸚邊流口水邊拚命吃高麗菜——寵物真好，好可愛。」

「可、可愛吧……嗯，可愛……只有一點點……」

呵呵～哈哈～背後傳來開心的笑聲。北村與大河，還有自己與実乃梨之間如果能有更多好事發生，那就謝天謝地了。把輕鬆切下的高麗菜心用保鮮膜包起來，竜兒無意識地吹起口哨。太浪費了～～♪太浪費了～～♪這當然要慎重放入冰箱，明天切成薄片和培根一起煮，如此一來可以煮出意想不到的好湯頭。

「……嘿嘿！」

「喔！怎麼了？妳乖乖在那邊陪北村啊！」

大河有如從親戚面前逃開的怕生小孩，緊跟在竜兒背後。難得能夠和北村相處，她卻一臉好心情地捲起衣袖：

「我想幫忙！對了，我擅長洗碗，我來洗碗吧！哪些要洗？」

「擅、長……？」

「嗯！我很行！」

看樣子她似乎企圖好好表現給北村看。但是高須竜兒可不是會把用完的調理器具，暫時堆在洗碗盆的男人。所有調理器具在用完的同時就已經洗好、擦乾、收回定位。還沒收回去的，只剩下還要用的東西。

擅長洗碗——雖然有些可議，但是竜兒正確解讀大河的心情，於是小聲說道：

「妳想讓他看看妳的優點吧？」

「……沒錯！」

兩人互相點頭，偷偷回頭窺探北村的樣子——他正趴在榻榻米上，兩眼無神地望著全身沾滿高麗菜屑，正在抽搐的小鸚。於是竜兒大聲說道：

「好，那麼今天也麻煩大河幫忙，再為我們做那道美味的荷包蛋吧！」

荷包蛋和炸豬排一起端出去並不會不搭調；味噌湯已經煮好，不需要她幫忙；竜兒估計大河能做的簡單小菜，應該就是荷包蛋和涼拌小松菜。既然小松菜沒有庫存……「好啊！」大河也點點頭朗聲說道：

「我知道了！我就為你們做我最拿手的荷包蛋吧！」

「喔～～逢坂的拿手菜是荷包蛋啊。愈簡單的東西，愈能夠表現出實力喔。我還以為逢坂與家事完全無緣，真是失禮了！真教人期待！」

面對微笑看著自己的北村，大河簡直像是新婚妻子一般，嬌羞地回答：「呵呵，稍微等我一下喔！」喲——喲——氣氛不錯嘛——竜兒露出幽幻戰士（註：THE WRAITH，1986年查理辛主演的電影）般不吉利的笑容，從冰箱拿出三顆雞蛋交給大河。「討厭，哪有～」大河也扭捏地紅著臉接過雞蛋，用只有竜兒聽得到的音量小聲說道：

「然後呢？」

「……嗯？」

「我說然後呢？這些傢伙要怎麼處理，才能變成荷包蛋？」

不會吧！貼在菜刀上，像針一樣細的高麗菜絲掉落。竜兒原先以為不管怎麼樣，大河至少會煎荷包蛋，看來是他低估了大河的沒用。

「是我不對！」

「要道歉等北村同學回去。再說你為什麼要道歉？好了好了，快點教我，這些蛋要怎麼辦？啊，教的時候不要被北村同學發現。」

竜兒嚥下口水。這下子他必須一邊炸豬排，一邊偷偷教這個笨手笨腳的大河怎麼煎荷包蛋。竜兒深深感覺這是一場不可能的任務。可是事情已經到了這個地步，再也無法回頭。

「好吧……把平底鍋拿出來。妳知道哪個是平底鍋嗎？就是扁扁的……」

「這點小事我知道啦。」

竜兒先把高麗菜絲擺進竹簍推到一旁，然後把三片豬里肌攤在砧板上，用菜刀刀尖切斷油脂與瘦肉之間的筋，同時嘴巴還不得閒：

「把蛋殼打破，裝在那邊的碗裡。妳、妳會打嗎……？」

「成功機率五成……一起打嗎？」

「現在這種情況最好都打。」

切斷筋的豬里肌放在淺盤上，稍微灑些鹽巴和胡椒，接著灑上麵粉。

「噫……第一個就失敗了……」

竜兒快手接過蛋黃破掉的雞蛋，從冰箱裡又拿了一顆：

「那顆我用來當炸豬排的麵衣。這是最後一顆蛋，下一顆再失敗就沒蛋了。」

「唔喔喔……！」

一切交給上天決定。竜兒把失敗的蛋打散，再拿出一個淺盤，灑上滿滿吃剩土司做成的麵包粉。斜眼確認大河已經結束打蛋任務，所有蛋黃都完整浮在碗中。

「哈啊……哈啊……」

大河的臉上淌著汗珠，才進行到這裡就已經滿頭大汗。竜兒將豬排沾上蛋汁，接著放進裝有麵包粉的淺盤：

「點火，在平底鍋裡倒油。那邊有沙拉油。要讓油沾遍平底鍋才行。」

「哈啊……哈啊……」

「別那麼興奮，冷靜一點。火太強了！轉小、轉小！啊，我小心翼翼愛護的鍋子啊！」

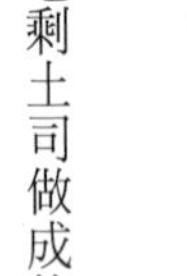

「怎、怎麼轉小？啊，這個嗎！」

大河用力一轉，把開關轉向「強」的一邊。這樣一來瓦斯爐的火焰當然燒得更加旺盛。

「反了啦，笨蛋！反方向！轉向另一邊！」

「啊、啊，還沒放油、油。」

「別管油了！把開關轉到另一邊！先不要管油！」

「嗚……啊，油倒下去了！」

「算了！倒了就算了！總之先把火……！不對！那個是另一個爐子的開關！」

「唔、唔唔唔？咦咦！」

「對！就是那個！繞一繞油！轉！啊啊啊，不可以把濕筷子伸進去！」

「唔啊、燙燙燙燙！喂，這是怎麼回事！」

大河用夾高麗菜絲的濕筷子撥動鍋裡的熱油，水氣當然霹哩啪啦爆開。大河嚇得直往後跳。「王八蛋！不准離開火！」竜兒的聲音宛如魔鬼教官：

「轉鍋子，讓油均勻沾遍平底鍋！動手！」

「噫！好燙！燙燙燙！還在爆啊！」

「還不是妳的錯！快，把蛋放進去！輕輕的、輕輕的！」

「呀啊！又爆了！可惡，會燙死啦～～！」

「不會死啦！現在轉小火，一手拿蓋子……蓋子！再準備一點點水！裝進杯子裡用另一隻手拿！」

「蓋、蓋子？蓋子是什麼蓋子？水！啥？呃，我想想、呃，火、火？火是……咦咦咦！水、水？火、火要幹嘛？」

「這個時候除了平底鍋的蓋子，還有其他蓋子嗎？唔喔喔喔喔喔！妳對火做了什麼！」

「哇啊！這是什麼？」

熊熊燃燒……！爐火再度變成最大。這個衝擊使得怕火的本能與大河大腦裡的神經連結起來，得到「火＝危險＝必須滅火＝水」這個答案。

「我想到了！水要澆在這裡吧！」

「不對──────！」

竜兒大叫。原本只要一點點水讓荷包蛋有蒸煮的效果，結果大河當著竜兒的面，將杯子裝滿水，然後一股腦兒倒進因為大火加熱使得蛋白開始冒泡，放入太多油的平底鍋中。

「哇──────！」

「唔喔──────！」

大量白煙伴隨可怕的油爆聲升起，再加上大河倒油時，油滴到平底鍋外側，結果最強火力的熊熊火焰沿著油侵入油水地獄，接著冒出一道火柱──

「喔喔喔喔喔喔喔喔喔喔！」

鍋蓋！

竜兒把筷子和豬里肌丟進蛋汁裡，蓋上鍋蓋擊退火柱。可以感覺滾燙的飛沫濺到蓋子上，還發出驚人聲響，可是鍋蓋絕對不離手。竜兒關掉瓦斯爐，等待鍋中的氧氣燃燒殆盡。

經過數十秒……

「喂……喂，高須，逢坂，你們沒事吧……？」

「……」

「……」

廚房一片寂靜。

回過神來才發現一臉擔心的北村站在兩人背後。不發一語的竜兒與大河茫然佇立，互相凝視，然後——

「唔喔喔喔喔喔～！」

「唔哇啊啊啊啊～！」

兩個人手牽手跪倒在地。「喔喔……」身旁的北村也一起跪下，擔心地把手輕輕放在他們肩上，點了好幾次頭：

「逢坂真的很擅長荷包蛋！嗯，真是厲害！就好像魔術一樣！火焰就這樣『啪！』衝上天花板……真的很厲害！果然是妳擅長的！我懂了！佩服佩服！」

「嗚嗚～～嗚嗚～～！」

「嗚喔喔喔喔喔～～！」

大河極度驚慌的慘叫，與竜兒因為太過害怕的男子漢哭聲，在接下來的整整五分鐘裡響徹高須家廚房。幸好還不至於讓房東說東說西，因為他們逃過租屋整個燒掉的危機……如果真的燒掉，當然是他們的錯。

剛煮好的飯配上海帶芽豆腐味噌湯、酥脆多汁的炸豬排、堆積如山的高麗菜絲、從最近愛上的小菜店買來的醬菜，還有——

「呀啊！總覺得這傢伙正在散發極具攻擊性的光芒……！」

「呀什麼啊！這不是妳做的嗎！」

褐色的蛋白，就連起泡部分都變得酥脆。蛋黃不但變了個樣，而且也變得乾硬，整體可以用燒焦或燃燒殆盡來形容。總之就是讓生下這顆蛋的母雞看見，可能會發狂的成品，而且還飄起一陣燒焦味，為高須家餐桌增添不必要的光彩。

而且北村就坐在正對面，就算想補救也沒有辦法。「噗！」大河鼓起臉頰，把那個盤子拉到自己面前：

「嗯……嗯……好吧，全部都給我吃，這樣就沒意見了吧？擠上番茄醬！開動！」

「別逞強了，這麼焦的東西吃下去會得癌症的。可以吃就吃，其他丟掉……雖然浪費，但是如果生病可是要花更多錢。北村不要管這一盤，來吃我炸的豬排吧。開動了！」

開——動！陰沉的大河與爽朗的北村也跟著竜兒開口，三個人一起拿起筷子。

「咦？喂！」

「喔、喔！」

「這是逢坂專程為了我做的吧？真是多謝。既然妳特地做了，我就全部收下了。就算是拿手菜，偶爾也會燒焦的。」

在兩名瞪大眼睛的縱火犯面前，北村快動作地把裝著碳化物質的盤子拉近自己，臉上露出事情原委了然於胸的苦笑，用筷子把三人份的碳化荷包蛋分開、大口吃下。

「北、北村同學……別吃了！再吃會生病的！其實我根本不會做菜，也沒有做過菜！對不起，是我說謊！還說什麼拿手菜！」

「哇哈哈！沒想到吃下去還是荷包蛋的味道！煎太久的蛋！哈哈！」

北村大口大口把不可能好吃的燒焦荷包蛋放進嘴裡，還在開心地笑著。

「竜、竜兒，不好了……北村同學瘋了……」

「振作一點，北村！我去拿胃腸藥！」

「不、不不不，不要緊！我真的覺得很幸運。聽到不是拿手菜，更加覺得自己的運氣很好。能夠吃到逢坂親手做的稀有料理，真是LUCKY、太幸運了！」

——這不是很可愛嗎？

竜兒心裡想的當然不是金髮男天真無邪的笑臉。

「嘿嘿……」

而是低著頭，連耳朵都染成桃紅色，像是能夠看出體溫，眼睛瞇成一條線微笑的大河。

「真、真的嗎？那個、真的……能吃？」

「是啊，能吃能吃。調味真是恰到好處！」

「啊、鹽巴和胡椒是竜兒加的……可是、可是、可是……嘿嘿……這樣啊，我稍微有一點自信了。改天我會好好地、不是騙人的……努力做菜。雖然我覺得自己一輩子都不可能做菜，不過我會好好認真學習。嗯，沒錯。也不能老是靠別人……」

「我可以保證，有高須當老師就沒問題了。」

「嘿嘿嘿嘿……」

喝著味噌湯的竜兒看向幸福的兩人，避免發出多餘的聲音。突然想起懷念的往事——那個超鹹餅乾——大河在某天的料理實習課做了要給北村吃卻沒能成功，最後進入竜兒肚子裡的失敗作品。不對，這麼說來更早之前，大河原本打算給北村的告白信，也是被竜兒收到，因此展開這段奇妙的同居生活。雖說信紙根本就忘記放進信封裡。

對了！竜兒看著害羞火力全開而不斷傻笑的大河，心想「大河想要傳遞的東西，這次終於送到北村手裡了！」失敗作品‧荷包蛋第一次抵達它該去的地方——北村的胃。

「妳擔心離家出走的我，為了讓我打起精神而做的吧？真的很感謝，我有精神了！」

感覺這段單戀似乎有那麼點偏差，往健全的方向走去。不過大河笑得很開心，北村也吃完燒焦的蛋，微笑看著大河。這兩個人如果能夠走到「這樣就很滿足」的階段，如同自己對実乃梨抱持的想法就好了。

果然正如我剛才所想，這一連串「北村失控」帶來好結果。剩下的就是……對，弄清楚金髮的原因，或許這件事就能了結。

「炸豬排也要吃，那可是充滿我對你的愛喲。」

「啊、當然！豬排醬豬排醬！高麗菜絲用的檸檬呢？」

「我們家的吃法是不加檸檬汁。」

「好！入境隨俗！近朱者赤、近墨者黑！」

剛炸好的豬排淋上醬汁，從油脂最美味的邊緣部分咬下——「燙燙燙燙！哇——！好吃！」北村開心地大叫。大河也比平常稍微規矩一點，不過還是大口大口開始吃飯。趁著這個機會，竜兒若無其事地說道：

「味噌湯也要喝，對身體很好。話說回來，你那顆頭是怎麼回事？」

「這該怎麼說呢？」北村說到一半停住，喝了一口味噌湯才接著說道：

「因為我不想當學生會長。」

說得簡潔乾脆，一副沒什麼大不了的樣子。

「就、就只有這樣……？」

「是啊。染成金髮就不會有人要我當學生會長了。雖然我爸媽看到之後氣炸了。」

一改剛才的大口咬下，小口咬著豬排的北村邊說好吃邊喊燙。面前的竜兒吸了一口氣。

真的嗎？

因為不想當學生會長，所以一聽到學生會選舉的話題就逃出教室，以北村能夠想像的「叛逆姿態」出現於眾人面前嗎？還因此和爸媽起口角、離家出走嗎？

微妙的不安迫使竜兒想要開口詢問，可是——

「嘿嘿！有什麼關係，不想當學生會長就不要當！反正也沒有必要一定要待在學生會嘛！蠢蛋吉也這麼說過！」

在大河心情大好的開朗閃耀笑容前面，竜兒只能嚥下問題……是竜兒的錯覺嗎？不曉得為什麼，好像只有他的炸豬排莫名乾澀……

＊＊＊

「唔耶耶耶耶耶耶耶耶……嗯唔唔唔唔唔唔唔唔唔……我回來……啊啊啊～嗝！」

聽到玄關的開門聲，竜兒醒了。

看了一眼時鐘，現在是凌晨三點半，泰子回來了。玄關傳來甩開高跟鞋的脫鞋聲。聽到她腳步蹣跚地走向房間的腳步聲，竜兒心想：「不管她也不要緊吧。」再度鑽進被窩。

「唔嗯啊啊啊啊……」

「……唔啊！」

傳來女孩子的叫聲，那個聲音並不是泰子，竜兒從被窩裡跳起來。

光腳下床繞過打地鋪的熟睡北村，躡手躡腳繞到房間角落，往泰子的房間走去。一打開電燈──

「好軟……好軟……嗚……咕……嗯啊～」

「好、好難過……！好重的酒臭味～！」

果然如他所想。唔哇啊……竜兒搓揉睡醒的眼睛並且抓抓頭。

泰子在出門前對著大河說道：「難得朋友來過夜，大河妹妹今天晚上也睡這裡吧～☆

在泰泰的房間裡多鋪一床被子就可以睡了～☆」既然她這麼說，大河當然照辦，在泰子的睡鋪旁加一組客人用的被子，然後在這裡過夜。

「別在旁邊看戲，快點救我啊！嗚嗚嗚，光聞味道我就醉了……！」

「喔，好！」

爛醉如泥的泰子無視已經鋪好的被窩，直接跳進大河的棉被裡。大河借用竜兒寬大的連帽T恤和運動褲當成睡衣。泰子嘴裡吐出光聞就頭痛的濃厚酒味，緊緊抱住大河和棉被滾動，貼著大河的小腦袋盡情磨蹭。大河快被棉被和酒味悶到喘不過氣來。

竜兒好不容易才解開泰子以酒醉怪力緊勒的大河手臂，還有內褲全部走光的下半身——大半個雪白屁股露在黑色蕾絲內褲外頭——這下子大河總算能夠爬出棉被。泰子伸展衣衫不整的身體說道：

「睡……竜……人家……睡……給……」

泰子以長指甲抓抓快要溢出衣襟的柔軟胸部乳溝。竜兒不是有特殊癖好的兒子，不至於看到親生母親這副德性就流口水，只是說了一聲：

「真受不了，難看死了！」

無奈到了極點的竜兒「哈啊——」大大打個呵欠。頂著一頭瀏海亂七八糟，睡覺專用髮型的大河也被傳染，跟著張大嘴巴打呵欠。

「可惡……被吵醒了～啊啊啊啊……呼。」

她像小孩子一樣咬住過長的連帽T恤袖口：

「泰泰在說什麼……？你聽得懂嗎？」

「她說：『水──小竜，給我水──要冰的。』」

「真不愧是母子……我也要喝水，有冰麥茶吧？」

「嗯。幸好睡覺前預先泡好。」

兩人躡手躡腳，靠著泰子房間的燈光走向廚房。大河拿出玻璃杯，竜兒打開冰箱──

「咦？麥茶不見了……連瓶子都不見了……」

「啊！這個！」

大河找到空空如也，放在水槽裡的玻璃瓶。瓶子底下只剩潮濕的麥茶茶包。在這種情況下，犯人當然是──

「可惡的北村！竟然趁我們睡著時把茶全都喝光。真是的！加水進去就可以再泡一瓶了……這就是在父母照顧之下舒服成長的大少爺……啊──連冰塊都用光了！為什麼喝冰的東西還要加冰塊？而且用完還不製冰……」

竜兒忍不住對著空空的製冰盒嘆氣。這段期間泰子繼續喊著：「水～～」BRITA濾水壺裡面雖然有滿滿的水，但是不冰的水恐怕無法滿足醉鬼。

「沒辦法，我去一趟便利商店，至少比自動販賣機近。妳有沒有什麼要買的東西？」

「優格！啊，不對，布丁！不好，泡芙！巧克力閃電泡芙？加糖咖啡？冰淇……？哇！怎麼辦！我的頭好痛……」

「……妳也一起來。」

運動褲口袋裡只放著錢包和家裡的鑰匙，竜兒和大河放輕腳步聲，穿上拖鞋（借用泰子的），準備安靜離開家時——

「總覺得這種時候出門好興奮喔……啊，對了對了，也找北村同學一起去嘛？」

「他在睡覺吧。」

「姑且叫叫看。」

相互點頭的兩人又一起回到竜兒的房間。

「唔！這個房間裡有股臭男生的味道……」

「要妳管！」

只打開桌上檯燈，兩人蹲在北村枕頭旁邊。北村把棉被拉到嘴巴，一邊打呼一邊睡得正熟。大河咬住袖口開心竊笑：

「嘻嘻……北村同學的睡臉……」

「喂，原本的目的呢？好色女……」

他們模仿叫人起床的整人電視節目，輕輕拉開棉被。実乃梨不在真可惜，她一定會帶著麥克風&安全帽大喊：「早——安……！」棉被底下露出北村沒戴眼鏡、正在熟睡中的端整臉蛋。

然後——竜兒還有大河總算明白北村喝光麥茶的原因，也知道冰塊消失的理由。他們沒辦法多說什麼，或是喘一口氣，就這樣陷入沉默。

孤伶伶擺在枕頭旁邊……不，應該是睡著之後從手裡掉落，那個弄濕榻榻米的東西，正是裝滿溶化冰水的塑膠袋。恐怕是北村在一個多小時前，用來努力不讓別人查覺哭腫雙眼的證據。麥茶則是用來補充流失的水分。

北村剛才在哭。

竜兒幫他鋪在枕頭上的毛巾已經濕透了。眼角也是、臉頰也是，到了現在還殘留哭痕。北村把毛巾塞進嘴巴，咬住毛巾。他八成才剛睡不久，在竜兒與大河熟睡的夜裡，北村一個人不發出聲音、不想被人知道、涕泗滂沱地哭著。

黎明前的街上，迴盪著兩個人的腳步聲。

「這個時間有點危險，別離太遠。」

「……」

拖著腳步的大河在竜兒稍微後面一點的地方，慢吞吞地龜速前進，慢到連自己吐出的白色氣息都追不上。

原本以為還有一陣子才會真正進入冬天，可是深夜時分的空氣已經相當冰冷。空無一人的街上，連流浪貓都不走的小巷子裡，沒有一扇窗開著燈，住宅區的巷道捨棄兩人，獨自安靜沉睡。四周安靜無聲。

「大河……」

竜兒呼喚大河的名字。大河低著頭，像是快要停下腳步，睡得亂七八糟的長髮遮住臉頰，沒辦法看到雪白臉上的表情。

竜兒往回走了幾步，抓住借給大河的連帽T恤過長的袖子。大河沒有甩開，這才終於停下腳步：

「我……我到底在開心什麼？還那麼興奮……我真是笨……蛋。」

大河的髮旋對著竜兒，肩膀與聲音都在顫抖，但是那不是因為冷。後悔自己如此愚蠢的聲音，悄悄流洩在寂靜的夜裡：

「我什麼都不知道，什麼都沒注意，北村的痛苦與悲傷……全部都……都沒發現……不行……我果然……沒資格……不配……」

「妳怎麼會不配呢？」

「不配啊……！」

淚水滴落在大河無法前進的拖鞋腳尖，應該已經被寒意凍到刺痛，沒穿襪子的小腳前面。竜兒看到那些遭到父親遺棄時也不曾落下的淚水，此刻終於滿溢出來。

過去的悲傷有如大雨落在嬌小的大河頭上，大河的心仍像堅強的土壤，一直吸收水分並且不斷成長。可是最後終於超過極限，蘊含的水分滲出來——靜靜地，一點一滴的淚水在柏油路上畫出透明的圓形痕跡。

「這樣的我，沒有資格喜歡他……！」

在黎明前的街上，響起壓抑不了的嗚咽。竜兒僅僅抓著過長的袖子站在那裡，凝視白色的髮旋。他也同樣無法繼續往前走。

大河用竜兒沒抓住的另一邊袖子，遮住低垂的臉用力摩擦，壓抑自己的聲音，痛苦地彎下身體。如果妳沒資格，那麼我也沒資格——竜兒茫然地呆站在原地，不曉得該如何安慰大河，只能繼續抓住她的衣袖。

這麼說來，亞美不是說過：「只要大聲哭泣就會有人來解救。」竜兒心想的確如此。怪怪的、認真的、誠實的、溫柔的北村，擁有許多令人喜愛的特質，就因為他是「這種人」，喜歡北村的竜兒和大河，才會在他哭泣時想要拯救他。不論北村做了什麼，他們還是想要幫助他——這點亞美說對了。所以對於指責北村太過天真的亞美，竜兒完全無法反駁。因為喜歡北村，所以接受他的任性。就算北村是利用眾人對他的喜愛而藉機哭泣，竜兒等人想要幫助他的想法依然不會改變。

問題是——他明明在哭，這些沒注意到的蠢蛋該怎麼辦才好？

就算想救他，就算希望他耍任性，聽不見他哭泣的雜碎該如何是好？

想成為「最後的救贖」卻幫不上忙的小鬼究竟該怎麼做？

竜兒的身體不由得為之一震……淚水即將潰堤。

在千鈞一髮之際，竜兒抬起頭，望向還沒天亮的黑暗天空。在空氣骯髒的街上，能夠看到的冬季星座寥寥可數，正在天空孤零零地閃耀，呼應大河隱約發出的哭聲。

「大河妳看，是北斗七星。那顆是北極星——還有獵戶座。」

是不是有首歌叫抬頭看什麼的……？竜兒根據印象勉強哼出一小段旋律，把手伸進連帽T恤的袖子裡，抓住大河冰冷的手指。

嚇了一跳的大河抬起頭來，在路燈的照耀下，可以看見紅通通的鼻子和淚溼的睫毛。上天賜予的這張美麗臉孔已經哭花了，不過現在這些都無所謂，竜兒用手指著夜空。只要抬頭仰望，眼淚就不會落下來。

堅強的大河會再度邁步前進。

雖然偶爾會流淚，但是不要緊。

竜兒很清楚，因為他一直在大河身邊看著，無論變換幾次季節，無論經過幾個晝夜，無論多少歡笑、嬉鬧、悲傷，直到今天大河都不曾被打敗，所以竜兒知道，他也如此相信。

「哪個？哪個是獵戶座？」

聽到大河邊吸鼻子邊問，竜兒回答：

「三顆排在一起的星星。看到了嗎？」

「啊……看到了……在那邊。」

抬頭看向冰冷的天空，大河的手指用力回握竜兒的手。竜兒知道即使大河臉上滿是淚痕，她的心也已經恢復力量，只不過還要一點時間才能邁步向前。

「小學上課時不是學過星星的距離嗎？」

「嗯，就是『幾光年』吧？」

「那代表光線要花幾年時間才能到達地球吧？所以我們現在看到的獵戶座或北極星，也許已經消失了……即使它們現在爆炸消失，我們也要經過幾萬年才能知道。現在我們所看見、所相信的星星……說不定其實早就不存在。」

大河像是確認一般，更用力握住竜兒的手。必須要有強大的力量，不這樣不行，要更強、更強、更強、更強、更強！必須要更強！她十分想要這麼大叫。

「就像我和北村同學一樣，眼睛所見的不是事實……要知道真相，到底要花幾年、幾萬年？我和北村同學之間的距離，到底有多遠？」

「妳想縮短和他的距離吧？因為喜歡他，才會想要知道和他有關的一切。」

「嗯……」

大河沒有點頭，只是抬頭看著夜空回答。一旁沒鬆開手的竜兒也抬頭看著同一顆星星，小聲說道：

「每個人都一樣，每個人都害怕和他人距離遙遠。喜歡上一個人之後，希望和對方縮短距離，所以對彼此伸出手……」

沒錯，就像現在的他們，互相接觸才不會漏掉任何心中的動搖，才能夠一起感受所有的喜悅與悲傷。

「只有這樣，才能讓心靈相通。一起加油吧……努力試試看。」

他想起低聲說害怕的女孩。

也想起壓抑聲音哭泣的男孩。

雖然想到其他人，但是這一刻，他只想到手指交握的大河。

了解彼此就像是個奇蹟。人與人之間互相了解、進而相愛，是有如奇蹟一般困難而且值得感恩的事。全世界的情侶、朋友、夫妻、親子、兄弟姊妹，全部都是奇蹟——竜兒靜靜閉上眼睛。很難理解，但是正因為難能可貴，所以才有價值。

距離再度踏出腳步邁向便利商店，還有一百秒。

距離早晨的到來，還有一萬秒。

4

「……？」

夢的延續——明明要去小學上課，但是腳踏車不管怎麼踩都會騎到不對的路，怎麼樣也到不了學校。這股絕望就像幻象一般，融化在從窗簾縫隙射進來的微弱光線裡。

對了，我已經是高中生，不用去小學。

天亮了。

「早啊，高須。」

「喔……」

竜兒慢吞吞地伸長脖子想看枕頭旁的時鐘，看慣了的破爛時鐘卻不在它該在的位置。這樣就沒辦法知道時間了……

「唔！」

竜兒立刻跳起來──眼前不是平日的房間，而是連接廚房的狹窄客廳。

「我擅自喝掉冰箱裡的牛奶了，抱歉。」

等到竜兒想起眼前這個身穿自己借他的長袖T恤與運動褲，口中帶有牛奶氣味的金髮男是觀護中的離家少年北村時，已經過了整整三秒鐘。對了對了──他總算想起一切，揉揉睡呆的眼睛。

「你們真是太狡猾了！看樣子你們兩個半夜玩得很高興喔。我也想參一腳啊，怎麼不叫我起來啊？」

北村不滿地嘟著嘴，竜兒不自覺定睛注視他的臉。

「怎、怎麼了？」

「不……沒什麼。早安……」

因為你在哭啊！這句話實在說不出口。北村一臉沒事的爽朗樣子，看了有點討厭。既然你這樣，我也假裝什麼都不知道好了，這才是男人應有的做法。竜兒抓抓頭，有點飄然地回到現實世界。隨著他愈來愈清醒、愈來愈清楚狀況，眉間的皺紋也愈來愈深。

這個模樣真是太難看了。

最後有印象的地方，是大河把起司鱈魚的起司和鱈魚部分分成三份，只把鱈魚部分大口放進嘴裡吃掉。唔啊，怪女人……竜兒似乎是看著她的手勢與表情時，睡倒在矮飯桌旁邊。

竜兒把座墊當成枕頭睡著，冷到連身體深處都因為發冷而渾身酸痛。而且對矮飯桌的慘狀太過沒自覺，也讓他丟臉到想哭。去便利商店大採購，回來之後自暴自棄大吃大喝所殘留的杯麵、關東煮、寶特瓶、泡芙、優格等垃圾與用完的免洗筷一同發出陣陣惡臭。喔！免洗筷……！現在才害怕已經來不及了。熱帶雨林又因此消失了……！

「可惡！竟然讓你看到這麼難看的樣子……連自己都覺得丟臉！」

「這種事沒什麼啦，打起精神來。我的房間平常差不多也是這個樣子，只要大哥帶朋友回家打麻將，家裡就會從客廳開始受到菸屁股和便利商店的垃圾汙染。」

「不是這個問題！就算地球上所有家庭能夠偶爾容許這種散漫，唯獨我家、只有我絕不允許這樣！說實話，我也不允許地球上任何一個家庭這麼髒亂！」

呀——！竜兒一邊發出尖叫一邊搖頭，這真是太痛苦了。

「是、是嗎？抱歉！」

「不——！不用道歉！事實上現在髒亂的地方就是我家！好，如果我三十秒之內沒有清理完畢，還拜託你殺了我！否則我沒有臉面對地球！」

「嗯……」

竜兒作勢準備起身，卻發現腿被一個沉甸甸的東西壓住。冷到不行的腿其實已經沒有知覺。把睡成大字形的環保男兒．高須竜兒的腿當成枕頭，如今還在熟睡的傢伙正是大河。她的腦袋重量阻絕血液流通，竜兒已經不是只有腳麻。大河大概在竜兒睡著的同時，也失去意識了吧……因為她的手上還拿著起司鱈魚。

不對，腳麻或我們為什麼睡成這樣並不重要。重要的是怎麼可以讓清純少女的單戀對象，看到少女睡在其他男人腿上的模樣呢！現在不是討論大河是不是清純少女的時候了！竜兒慌慌張張抓起大河的腦袋用力搖晃：

「大河！快起來！難看死了！」

竜兒火大、想咬人的模樣，都是為了大河好，可是——

「算了算了，難得她睡得那麼舒服，叫她起來不是太可憐了嗎？」

毫不知情的北村擺出一副好人臉，阻止竜兒的舉動，輕輕抱住大河的腦袋移到對折的坐墊上。大河幸福地發出一聲貓叫，身體像貓一樣彎成C字，再度陷入熟睡。

「你看她的睡臉這麼幸福……她的臉真的很可愛，睫毛也好長。」

「這種話請你等她醒來再對著她說……」

「我會不好意思，而且這樣差不多是性騷擾了。可是她睡著的樣子有種和平的光芒，看著看著都感覺獲得解救……」

表情和緩的北村露出微笑，同時低頭看著大河的睡臉。竜兒什麼話也說不出來，心裡只有一句——原來你也一樣啊！

大河與竜兒沒注意到北村的苦惱，北村同樣也不知道大河心中過於複雜的心境與真摯所衍生出來，那種紊亂又笨拙的戀愛心情。每個人都是這樣，每個人一定都一樣——雖說每個人都是這樣，就能得到安慰和解決，但是痛苦仍舊不會減輕。

啪！僵硬的肩膀發出聲響。

「現在幾點了？啥！已經十一點多了！」

看到時鐘的竜兒有些驚訝。他原本以為頂多九點，沒想到珍貴的星期六早上就此報銷。

「我也是剛醒，真是睡太晚了。唉呀，這麼說來……唔啊！地獄車（註：梶原一騎原作，永島慎二、齋藤ゆずる作畫的漫畫《柔道一直線》裡的必殺招式）！」

「唔喔喔喔！」

北村突然用打壘球鍛鍊出來的雙臂抱住竜兒，緊緊鎖住手腳，竜兒被粗魯地丟向廚房，頭撞到木頭地板。因為事情發生太過突然，癱在地上的竜兒陷入無言的沉思，連應該有的抱怨都忘了。這到底是——剛起床的這個暴力、這個舉動，更重要的是情緒……根本無法聯想是來自一個三更半夜獨自落淚的傢伙。不過多虧如此，讓竜兒從昨夜持續到現在的倦怠感一口氣消失。

「你……你幹嘛！」

「咦？三十秒到了所以要執行死刑啊。唉呀，還有氣耶。」

「住手住手笨蛋！不用想也知道我是開玩笑啊！」

「我的死刑當然不是做做樣子！看招！巨輪旋轉技（註：Giant Swing，將對手的雙腿夾住抱在腋下、撐起對手身體旋轉的摔角招式）！」

「唔喔喔……！」

「很危險喔，頭抱好！」

既然危險就別做啊！竜兒的身體仍處於剛睡醒的狀態，反應遲鈍的雙腳輕易就被抓住，突然轉起圈來。竜兒連忙住嘴聽話抱住頭。早死早超生——竜兒只是這樣祈禱，放棄無謂的抵抗。為什麼會遇到這種事……啊——是我破壞環境的關係吧？我代表愚蠢的人類，將「太空船地球號」（註：美國經濟學家亨利、富勒等人提倡的理論。將地球比喻成一艘資源有限的太空船）的求救信號化為疼痛，由我的身體來承受……竜兒以殉道者的心情自我陶醉閉上眼睛，沒想到他的身體卻飛往預料之外的地方。

「唔喔喔喔喔！」

撞上隔開泰子房間與客廳的紙拉門。視線角落看到北村發出「噠！」一聲之後，身體便往旁邊飛出去，漂亮地順勢落地。

原因正是——

「唔……唔……」

原本應該安祥熟睡的傢伙，毫不猶豫地一巴掌把單戀對象打飛，他也和遭受「巨輪旋轉技」之刑的罪人一樣摔出去——那傢伙正站在那裡。

淺色的凌亂頭髮配合呼吸搖動，不曉得是睡前哭過，還是鹽分攝取過度，兩隻眼睛的上眼皮浮腫，雙眼皮下的眼睛閃著極度不祥的血光。蹣跚搖晃的身體說明這是在還沒睡醒之時的暴虐行動。

兩名男子害怕發抖到說不出話來，但是她八成沒有看進眼裡。在半睡半醒的狀態下，允許自己以雙腳步行的野獸岔開雙腿站立，睜開天生就不存有理性，閃閃發光的雙眼，抬頭仰望天空，看著不可能出現的月亮。「啪！」一聲破壞看不見的下巴枷鎖，露出血淋淋的牙齒，賦予黏著鱈魚的手指凶猛力量。然後像是野獸一般怒吼：

「吵——死——人——了……！」

這就是「泛用人形決戰兵器」……不對，是掌中老虎。

「唔……終於覺醒了嗎……！」

瞇著眼睛的北村單腳跪在粗暴的睡呆女面前，用手遮住耀眼的光芒。不過這裡沒有任何閃耀的東西，因為陽光被大河家的大樓擋住，根本曬不進屋內，也沒有打開微弱的室內照明。竜兒姑且把一個人玩得很開心的北村放到一旁：

「大河……大河。過來這邊，來……」

「唔……？」

「妳看……有妳最喜歡的東西喲。冰冰涼涼的……藍莓口味……」

「唔、唔唔……」

竜兒匍匐前進來到廚房打開冰箱，讓凶暴的睡呆老虎看看裡面。他拿出昨天晚上，應該說今天清早去便利商店買回來，還沒被消滅的僅存明治BULGARIA優酪乳。搖搖晃晃……腳步蹣跚的大河還是一步一步朝竜兒走近，眼睛的焦點只有冰涼的飲料。

「來，喝吧。這是妳的，全部喝完也沒關係。」

「唔……唔唔唔……？唔！」

細小的手緊緊抓住優酪乳，吸管插入吸管口，櫻桃小嘴充滿強烈欲望地吸起內容物，喉嚨每發出一聲「咕嚕！」眼睛就亮起一點人類的理性。

「啊～～！好喝！再來一瓶！」

終於會說人話了。

「沒了。」

「咦——！小氣！那給我牛奶！」

「對不起，逢坂，牛奶我剛才喝掉了。」
「啥！」
呀啊什麼啊——在茫然的竜兒面前，大河總算清醒並且搞清楚情況：
「北北北北村同學！哇——！呀——！啊——！該、該不會、該不會、我丟臉的睡臉都被看見了？」
事到如今她才急忙用衣袖擦拭嘴巴四周……而且還是用竜兒連帽T恤的袖子。
「抱歉，我看到了。可是那是逢坂不好，誰教妳要睡在那裡。」
「呀啊——竜兒怎麼辦！我丟臉到想死——！睡臉被看見了、睡臉被看見了、睡臉被看見了——！」
「比起睡臉，妳還給北村一巴……算了，沒事……」
「討厭討厭討厭討厭討厭討厭、討厭啦——！」
剛才使出渾身解數給北村一巴掌的大河，羞於自己的睡臉被單戀對象看見，到了這種時候才躲到竜兒背後，一邊「好害羞！好丟臉！」地吵鬧一邊跺腳。
「討厭，好糟喔、太糟了——！我的頭髮也是亂七八糟——！」
哇啊！大叫的她跑進泰子的房間裡，「啪！」一聲粗魯關上紙拉門，八成是躲進睡覺中的泰子旁邊那床空著的被窩裡。這麼一來至少她終於明白，自己到底有多笨拙。

「幹嘛那麼慌張啊……笨蛋！」

「不過那一巴掌來得正好，我的腦袋完全清醒了。」

兩個好朋友同時雙手抱胸、頻頻點頭贊同，不過最大的衝擊這時才降臨在他們面前。

「喔……！」

「唔……！」

拉開紙拉門現身的人，光看剪影很像黑貓宅急便OR大嘴鳥宅配通OR佐川急便的送貨員。一手穩穩抱著貨物，只不過那個貨物是大河，睡亂的捲髮往左上方亂翹、眼睛底下因為汗水與油脂溶開睫毛膏而發黑、稀疏的眉毛只剩眉頭、粉底脫落的臉顯得油亮反光，可是肌膚過於乾燥，因此眼睛底下、嘴唇四周、額頭、鼻梁，到處都是有皺紋，呈現乾巴巴的狀態。可能是因為會冷，黑色蕾絲細肩帶背心外面套著竜兒的國中運動服，可是背扣鬆開的胸罩卻從細肩帶背心下襬掉出來。下半身仍然穿著超短迷你裙，不過正面的拉鍊拉下一半，粉紅色的內褲從那裡愉快地和眾人打招呼。

來者正是令人驚愕的親生母親。

「……」

咚！泰子沒有開口，只是把大河放在地上，半睜著眼睛勾過擺在枕邊的香奈兒包包，打開黃色的財運風水錢包。

「……」

拿出三張千圓鈔票，給了三名孩子一人一張。

「……」

簡潔豎起大拇指，往玄關方向一指。

宿醉的家中支柱再度消失在紙拉門後頭。竜兒像個小偷一樣鬼鬼祟祟不發出聲音收拾，避免打擾家中支柱的睡眠、北村以細小水流淋浴、大河躡手躡腳避免發出腳步聲，回家淋浴更換衣服。

好了，預算一人一千圓，要盡量在外面待久一點——

＊＊＊

「真是非常抱歉，目前正值用餐尖峰時間，請恕本店無法分開結帳！義大利風漢堡排&白飯、飲料套餐、蘑菇燉飯與飲料吧單點，還有單點的酪梨沙拉、南瓜番薯戚風蛋糕、重巧克力蛋糕，以上合計三千三百十三圓！收您一萬圓！一萬圓收下！請確認！嘿！先找您五千、六千圓！再找您六百八十七圓！請點收！這是您的收據！謝謝光臨、歡迎再度光臨！歡

迎光臨！目前吸菸區已經客滿，如果可以接受非吸菸區靠窗座位，我為您帶帶帶帶！怎麼會是你們——！」

「等好久喔，小実……」

「完・全・沒發現嗎？」

「話說回來，為什麼不能分開結帳？我一直都很介意啊。」

為了避免打擾泰子的睡眠，三人淋浴並且換上輕裝之後，出門找尋可以吃早午餐的地方——也就是他們熟到不行，実乃梨打工的家庭餐廳。

「唉呀，午餐時間我也只能關掉自己身為人類的開關，發揮機械服務生功能，貫徹冷酷嘛～咦？北村同學？你你你為什麼一臉沒事出現在這裡？我一直很擔心你耶！喂——那顆頭是怎麼回事！」

「很抱歉，因為有很多原因，我目前離家出走住在高須家裡。」

「當然有很多原因啊！真是的！不過你看起來很有精神嘛！好，我稍微放心了！」

「害妳擔心了。」

過意不去的北村抓抓頂著金髮的腦袋。他借用竜兒的連帽T恤和運動褲，與平常那個黑色西瓜皮髮型加上全身UNIQLO休閒服的模樣比起來顯得隨興許多。至於大河也是一副充滿幹勁的樣子：

「小実，打工還沒結束嗎？我們邊吃午餐邊等妳，一起找個地方玩吧！」

柔軟有如兔子的雪白開襟羊毛外套搭配花朵圖案的粉紅色蕾絲滾邊連身洋裝，裙子的蕾絲分量比平常還要多上數倍。大河是打算挽回睡相難看的失態嗎？嘴唇甚至塗上淺橘色的唇膏裝可愛。不過只要沒插進鼻孔裡就謝天謝地了。竜兒一如往常穿著拉鍊連帽T恤加上牛仔褲，用自己不吉利的目光，偏著頭上下打量綁著馬尾加上女服務生打扮的小実。

「啊，不行，我今天的班是從早上十一點到晚上八點，排得滿滿的。真是遺憾，你們就別管我了，這邊請坐～」

「咦～！搞什麼嘛，真可惜……」

我也很遺憾……竜兒望著走在前頭帶路的実乃梨纖細後頸，忍不住垂頭喪氣。

「如果可以，就找隔壁座位的那位女士代替我吧！」

一行人被領到靠窗座位，順著実乃梨手指的方向看過去，一齊睜大眼睛。

她一個人坐在非吸菸區的單人座上，以白色耳機隔絕外界的聲音，一手轉動iPod，另一手捲起義大利麵。如同盛開花朵的燦爛美貌面無表情，似乎很無聊的樣子。她完全不在乎四周射過來的炙熱視線。沒化妝的她穿著套頭毛衣、牛仔褲、無跟芭蕾鞋，這種打扮如果穿在貨真價實的美女之外的人身上，只會變成樸素的歐巴桑。不愧是八頭身模特兒，可以穿出如此完美的假日裝扮。她只要坐在那邊，鄉下的家庭餐廳就變成巴黎街頭的咖啡館，其他客人的臉只會變成由線條構成的單調圖樣。

這是美麗女性・川嶋亞美星期六的單身午餐。大河看到這副模樣，壞心地揚起嘴角：

「唉呀唉呀唉呀，我還以為是誰呢，這不是蠢蛋吉嗎？怎麼會這麼淒涼，難得的星期六卻一個人在這裡吃麵？」

立刻轉換成挑釁模式。可是亞美專心聽音樂，沒聽見大河的話。她一口一口吃著沙拉，穿著芭蕾鞋的腳尖打著拍子，看著另外一邊。

「咦？聽不到嗎？喂——蠢蛋吉——！放假沒工作，一個人吃飯的寂寞蠢蛋吉——！」

「……」

還是沒注意到。大河正打算更丟臉地大聲說話時，北村終於出手制止。這位天真、溫柔體貼、總是扮演哥哥角色的青梅竹馬——

「喂，閒人！閒——人！暫別模特兒工作的閒——人——！」

「北、北村……？怎麼了？」

「亞美是閒人，行事曆空空蕩蕩的沒人氣閒人！沒工作的可憐模特兒！」

「沒錯沒錯——蠢蛋吉是閒人！閒閒沒事幹的模特兒！閒閒吉——！」

連大河也得意忘形附和北村，開始「閒人、閒人」喊個不停。閒人！閒人！叫著叫著，不禁出現奇妙的旋律。

「閒～人～all～the people……♪」

「不愧是北村同學，真棒！真聰明！」

金髮笨蛋跟笨蛋老虎開心拍手，在完全沒進入狀況的亞美身邊，像蛀牙細菌一樣沒良心地大吵大鬧、蹦蹦跳跳、相視而笑。就連実乃梨也蹙眉說道：

「怎、怎麼了？北村同學，你剛才說得一點也不好笑啊！該不會是金髮造成頭腦喪失幽默感……？」

「不是吧？北村原本就不是幽默的傢伙……重點是那邊在叫妳。」

不好！実乃梨立刻恢復女服務生的表情，連忙過去接受點菜。目送著她時，竜兒想到北村之所以這麼做的原因——應該是那天在面談室裡挨亞美的罵，積怨已久的情緒爆發所致吧？北村現在已經不是罵不還嘴的穩重聖人，而且還得到人稱「罵人界的貴族」的朋友大河相助——

「沒有工作，所以我——很——閒～～♪」

「最愛的模特兒工作！卻沒有工作！一個人寂寞地吃飯！啊啊啊啊……嗚嗚嗚嗚……啊啊啊……嗚嗚嗚嗚……我沒有工作，所以請開店，喔喵喵喵喵～～♪」

「太閒不好不好喲！如果不當模特兒！妳就會永遠閒閒閒閒！閒人一個自己吃飯！好閒啊！好閒啊！好閒啊！呵呵！一個人！一個人！一個人！嗚呵呵呵呵♪」

甚至進入全新領域，擅自改編一首罵人歌。有露出陰險的奸詐笑容，彷彿忠誠使魔正在提升惡意的大河陪伴，北村甚至拿起亞美的手巾當成麥克風，翹起屁股左右搖擺，得意忘形地準備再來一段無聊的搞笑——

「混蛋煩死了裝作沒聽見都不行嗎？豬頭！」

「呀——！」

亞美把剩下一半的冰水潑在北村臉上。其實水幾乎喝完了，杯子裡差不多都是冰塊，因此淋濕的受害範圍只有臉頰與下巴。不過應該快冷死了吧？北村的臉色蒼白，拚命撥出領子裡的冰塊。

於是大河用空杯子敲了亞美一下：

「妳的意思是從一開始就聽到了，那還裝什麼不認識啊？呆子！」

「痛！」

杯子馬上被人從一旁奪走。

「唉呀——午餐時間已經夠忙了，你們還增加我的工作！地板都濕了！可惡！」

「都怪祐作和小不點老虎太吵了～～！」

「好好好，別吵架，你們幾個都坐下！亞美也一起坐那邊，這邊濕掉了，我要清理！快點過去。Ｈｅｙ，ＧＩＲＬ移動妳的尊臀！」

実乃梨的勤勞模式比平常增強三倍，快手快腳拿著拖把趕人，結果變成他們四人一起坐在靠窗座位。実乃梨將亞美桌上沒吃完的義大利麵、沙拉還有帳單瞬間移位。

「好，決定要點什麼再叫我！我會招待大份薯條喲！」

実乃梨一邊用其他客人聽不到的音量小聲說完後面那句話，一邊以有如天鵝的華麗動作將三份午餐菜單整齊排放在桌上之後離去。

「我一點也不想和你們一起坐啊！」

「喔～看一下這個！上面寫著『蘑菇大集合』耶……蘑菇燉飯、蘑菇醬漢堡排、蘑菇滿載和風義大利麵，哇！蘑菇牡蠣焗奶油白醬！卡路里都很低，搞不好能吃個甜點……」

「妳打算連甜點都在這裡吃嗎？剛才不是說想去站前大樓的咖啡廳？」

「我、我想要點溫暖的東西……可以溫暖身體的……！好冷！快死掉了！」

「蘑菇燉飯好嗎？」

「不要蘑菇燉飯。」

「……根本沒人聽我說話！所以我才討厭和這些傢伙在一起！」

哼！亞美以粗魯的動作吃起剩下的義大利麵，完全呈現自暴自棄的狀態。漂亮的臉蛋顯得很不高興，轉過一旁去。

「決定好了，我要牛肉醬汁蛋包飯，加點飲料吧只要一千圓就能搞定。川嶋，今天怎麼一個人啊?沒工作嗎?」

正經提出問題的竜兒也被亞美狠瞪:

「休.假!我好歹也是人,不能有想要休息的時候嗎?」

「幹嘛突然發飆……」

「對啊,好恐怖喔。蠢蛋吉的心情不好吧?」

「比起心情,更重要的是亞美的本性惡劣。」

「吵死了!很得意嘛,特別是那邊的金毛!一直被說是閒人,誰都會不高興啊!真是的……怎麼樣?星期六一個人吃飯有什麼不對嗎!」

沒有沒有,沒有~~三個人的視線各自回到菜單上。亞美無趣地高高翹腳:

「哼……!我還是高中生啊,而且不懂得休息怎麼算得上專業?有閒暇時間我才能念書、準備考試,才可以去美容中心或上健身房。以前啊——對了,轉來這裡之前,我的工作不只普通的拍照,還要忙著拍封面,忙到差不多是『咦~~又是我當封面,這樣好嗎~?』的感覺,根本沒時間休息……啊、對了對了!要不是那個變態雜碎跟蹤狂出現,害我和對方請了整整兩個月的假,這個月的封面應該也是輪到我!話說回來,從請假到現在,亞美美好像一次也沒有上過封面?怎麼回事?難道封面擺上亞美美的臉會賣不好嗎!可惡……一群小看我的王八蛋……大混蛋……!」

「閒人攻擊」看來似乎正好踩到地雷。踩中地雷的大河不知所措地坐在竜兒旁邊，正對著煩躁動著嘴巴吃萵苣的亞美：

「蠢蛋吉……好了，我請妳喝飲料吧。誰叫妳那麼可憐，我都不曉得原來妳窮困潦倒到連兩百八十圓的飲料吧都點不起……」

她故意裝出沉痛的表情，並且按住自己的平胸。「噫！」亞美發出尖銳的叫聲，忍不住氣到快要昏倒：

「我又不是因為沒錢才喝開水！喝水對體內排毒最好！是為了調養身體才喝水！笨蛋小不點老虎！啊——煩死了！讓妳請讓妳請！我就讓妳請！」

亞美氣沖沖地起身，大步往飲料吧走去。竜兒看到之後焦急說道：

「喂喂！要先點餐才行！」

揮手找來工作中的実乃梨，各自點了「蛋包飯」、「蘑菇牡蠣焗奶油白醬」、「蘑菇燉飯……還要四個飲料吧」——點餐完畢。

沒有任何丟了會很麻煩的東西，因此四個人同時離開座位，像聚集在水邊的高角羚羊往飲料吧移動。

「吃過飯要去哪裡？」

「嗯……說來丟臉，因為我是離家出走的少年，所以身上沒錢。剛剛泰子伯母給的零用錢，吃過這一頓就差不多了……啊～冷死了！咖啡咖啡！」

「去不會冷的地方好了，我們總不能一直在這裡盯著小実。咦？沒有用來夾冰塊、長得像巨大曬衣夾的東西嗎？」

「妳說冰塊的夾子啊？在我這邊，杯子給我，我等一下幫妳弄……川嶋呢？有沒有想去的地方？」

「嗯……零卡路里的是……啥？什麼時候發生的事？為什麼也把我算進去！」

「反正妳不是很閒嗎？說實話，有妳在場，北村同學看起來也比較有精神。雖然不喜歡，我還是准許妳和我們同行。妳也來幫忙一起為北村同學加油打氣！」

「等一下，這和我的認知相差太遠了……祐作剛才的反應算是有精神嗎？最要緊的是，我不是說過不想和祐作的事扯上關係嗎？你們這些傢伙完全把我說的話當成耳邊風！」

「妳早已經深涉其中了。看看那張側臉，因為妳潑的冰水讓他的嘴唇發青，好可憐……」

「才不要！他是自作自受！」

幾個人為家庭餐廳午餐時間的喧鬧，更增添了一層吵雜。

拋開自我的欲望，眼前最重要的就是讓北村同學打起精神——為此她什麼都願意做。

大口嚼著巧克力閃電泡芙，大河有了這個決心。今天清晨四點，接近黎明時分時，竜兒當然也是和她同樣想法。「為了北村，我們要一起加油！」大吃大喝的兩人一同發誓。

可是——

「那個宣誓進行到哪裡了？」

「他、他看來很有精神啊……算吧……」

「妳也幫忙做點什麼啊……」

「我才想說你……」

並肩坐在冰冷長椅上的兩人面前，在老舊綠色防護網的另一邊，兩位青梅竹馬正展開陰險的對話：

「怎麼又揮棒落空了！七十公里就打不到嗎？亞美，妳這是看不起球嗎？為什麼不認真一點？為什麼害怕拚命？什麼時候日本已經颳起這股風潮！」

「我打得很認真啊——！再說這是我第一次握球棒，打不到也很正常啊！而且是你說想來的，為什麼打的人變成我？你自己打不就得了！」

「打擊區前，人人平等。這項規矩在打擊區上永遠成立！因為這個規矩，打者才能夠站上打擊區！然後打擊！人人在打擊區上都是打者！喂！看前面！球來了、球來了！看清楚！看好看好看好！喂喂喂喂！還發呆！會打到身上喔！」

「咦?·等、等等等等等、咿……嘿!」

咻!·胡亂揮出的棒子已經是第五次落空。儼然一副教練模樣的北村，自以為是地蹲在操作面板前面。「妳在搞什麼啊!」他不禁撥亂金髮，惱怒地用力跺步:

「唉!已經跟妳說過要看好球!為什麼這麼簡單的事都不會!」

「因為你一直在旁邊碎碎唸，我才會分心!」

「櫛枝也是女孩子，還不是輕輕鬆鬆把一百四十公里的球打出去!」

「実乃梨從以前就是棒球少女啊!啊!好痛!痛痛痛!你剛才拿球棒打我?」

「因為妳一直囉哩囉唆才會提不起勁!看好，球又來了!這次要看準把球打出去!」

「高須同學看見了吧!這傢伙剛才拿球棒打我屁股!」

看到了看到了，現在竟然還有人拿球棒打屁股——竜兒邊點頭邊同意，以難看的模樣抱膝坐在板凳上。這間破爛的室內棒壘球打擊練習場設在高爾夫練習場的角落，只有一個打擊位置。不曉得是因為陽光曬不進來的關係，或是水泥建築自然就會產生寒氣，還是險惡氣氛籠罩所致，總覺得進來之後感覺比走在外頭街上還要寒冷。無趣的大河也用同樣姿勢抱著雙腿、吸著鼻子。

北村說想去棒壘球打擊練習場時，我們心想他八成是希望藉由活動身體轉換心情，也覺得很健康、很好。在大家散步到達這裡之前都還很好，可是一到這裡，北村便叫亞美站上打擊區，自己專心擔任陰險的教練。有精神雖然很好，但在竜兒看來完全與健康背道而馳。

「妳不覺得北村的人格好像變了？」

「你教我煎荷包蛋的時候，差不多也是那種感覺。」

「如果房子快被燒掉，任誰都會焦急吧……」

「啊，蠢蛋吉打到球了。」

啪噹！傳來偶然擊中的聲音，亞美第一次正確使用球棒。可是打到的球和發出的聲音一樣半吊子，畫出半吊子的軌跡往上飛，然後直接落在前方數公尺。

「嗯……軟弱無力的捕手上方飛球啊。好，勉強算妳及格！可以休息了！」

「臭屁什麼……」

總算獲得釋放的亞美鑽過防護網回到外面世界，把球棒交給大河……

「好了，下一個活祭品就是妳。小心一點，那傢伙是正牌的嘮叨鬼兼變態。啊——我已經不想和他有所瓜葛了……」

下一個是誰——！我會親自指導，快來！聽到魔鬼教練的聲音，大河猶豫地看向竜兒。

「上吧，讓他開心當個教練。」

「嗯……也對。好！北村同學！下一個換我！」

大河脫下羊毛衣、綁起頭髮、穿過防護網，幹勁十足地站上打擊區。大河應該也是第一次打棒球，不過她將球棒用力甩了一圈，直直指向擊球的方向，左手用力捲起連身洋裝袖子的姿態，簡直就像鈴木一朗上身，看起來氣勢十足。鈴木大河就此誕生。

「好！先從七十公里開始！開始囉，逢坂！」

「嗯！」

亞美一邊用手整理亂髮，一邊在竜兒身旁坐下。幾乎在此同時，一聲清脆的聲音響起，大河的球棒打中第一顆球的正中央。球幾乎是直直飛往牆上畫的圓形標靶，擊中靶心附近。

「喔！」竜兒忍不住鼓掌。「真厲害——」亞美打心底感到無趣。

「咦？我打到了？這樣子可以嗎？會不會太簡單了？北村同學，速度再快一點應該也沒問題喔。」

大河一邊搖曳連身洋裝的波浪裙襬，一邊大放厥詞。北村以閃閃發光的眼睛看著她：

「我該不會挖到鑽石原石了吧？唔喔喔！逢坂！為什麼妳這種天才不加入壘球社？」

「因為我國中時已經在運動社團吃足苦頭。這樣握可以嗎？」

「我看看……可以可以，就是那樣！學都沒學過，握法竟然這麼完美！不愧是逢坂，運動神經卓越超群！」

「沒有啦～比起小実差得遠了～～」

耶嘿嘿。大河面帶害羞的微笑，臉龐染上一層桃紅。就是這樣，感覺不錯！北村看來也很開心——應該很開心沒錯吧？竜兒凝神觀望，避免再次解讀出錯。可是手背突然傳來——

「我說高須同學，人家好無聊喔。這裡好冷……我們離開這裡，去找些熱的東西喝，你說好不好？」

——亞美的白色指尖逗弄的觸感，水汪汪的大眼睛向上望，身體快速貼近，並且抱住竜兒的手臂緊緊貼上：

「好不好——？」

亞美偏著頭，塗著櫻桃色唇蜜的光豔嘴唇微微噘起，褐色瞳孔映著竜兒的臉，水潤動人好似搖曳波光，幾乎快把竜兒帶到異世界。竜兒的理性不費吹灰之力就產生動搖。

「好，我們走吧。」

「啊，咦……？」

竜兒沒有推開亞美的身體，也沒有嫌惡的反應，只是坦然站起身來。發出驚呼聲的人反而是亞美，一時沒反應過來的她抬頭看向竜兒，眼裡充滿疑問的光芒。竜兒招招手，要亞美也站起來。

「什麼嘛，不是妳約我嗎？櫃檯那邊有台果汁自動販賣機，我們走吧。」

「怎麼感覺和平常不一樣，怪了……你有什麼企圖嗎？」

「哪裡有什麼企圖，我又不是妳，真沒禮貌。」

「我可是從來都沒有什麼企圖……算了，無所謂。」
亞美瞇起眼睛看了竜兒一眼，接著起身說道：
「既然這樣，我也有我的打算。」
亞美抓著竜兒的手臂緊緊抱住，像是掛在上面一樣把身體貼上去。
「喂……妳差不多一點！」
隱約帶著甜美花香的淡香水氣味飄進鼻子裡。
「唉呀，怎麼了？這樣就讓你動搖了嗎？你也未免太沒有覺悟了？」
由於兩個人的身高差不多，亞美的雪白臉蛋幾乎快要貼上竜兒的脖子。竜兒現在想逃也逃不過亞美對他的手肘與手腕使出的關節技，兩人就像戀人一般緊密依偎在一起。
「我們來去休息一下~~！」
「好——！喂、逢坂，要來囉，一百公里！」
「嗯！嗯……？」
目不轉睛的熱血教練北村沒注意到，反而是接受指導的大河瞬間驚訝地睜大眼睛，看著緊密靠在一起的兩人。結果害得大河太晚出棒，簡單的直球卻揮棒落空。
「不是不是，別誤會！」竜兒拚命搖頭，用眼神暗示大河——「我只是為了要讓你們兩人悠閒地開心享受，所以才想要消失啊。亞美在場北村的確比較有精神，但是感覺只是讓黑暗

面的能量愈來愈強烈。所以趁著這個機會，配合亞美一如往常的蓄意作為而已。」不過拉著竜兒手臂的亞美，開心地對打擊區上的大河吐舌頭。

「……！」

——一動也不動！大河已經兩好球沒有壞球，陷入危機了。北村教練眼中的熾熱火焰燃燒得更加猛烈。

「呵呵呵，這樣子我們就兩、人、獨、處、了♡……開玩笑的。」

關上門，走出與高爾大球練習場共用的櫃檯，亞美立刻哼了一聲放開緊抱的手臂，把竜兒推開。竜兒沒有特別驚訝，反正就是這麼回事。

「嘿，我已經差不多掌握妳的行動模式了。只要大河不在，黏著我也沒樂趣吧？好了，妳去那邊坐著，我去幫妳買飲料。」

「我自己買……唉喲，真是超——無聊的。」

亞美板著漂亮的臉蛋，快步想要搶在竜兒之前。望著纖細的背部，平常總是被耍的竜兒突然想要整她一番：

「什麼嘛，不想離開我就老實一點。」

「呀啊！」

竜兒假裝要從背後抱住她的肩膀——只有假裝而已，亞美馬上就逃開轉過頭。

「妳尖叫了！妳尖叫了！」

竜兒指著嚇了一跳，跳開轉身的亞美加以嘲笑。平常被整的、焦急的、被玩弄的人總是自己，偶爾像這樣報復一下也滿有趣的！亞美張著嘴巴，大概是因為被竜兒這種角色嚇到而感到憤怒和屈辱，不禁氣得滿臉通紅：

「氣……氣死我了！果汁！你說要請的！」

亞美岔開雙腿，指向舊式紙杯型自動販賣機。價格七十圓，機器本身和價錢都復古到叫人發笑。

「是是是，妳要喝什麼？」

「哈密瓜汽水。」

「……這樣好嗎？模特兒可以喝那種糖水飲料嗎？」

「可以啦！少管閒事！真是的，老是在意一些沒必要的事……！」

幫亞美買了哈密瓜汽水，為自己買了咖啡，兩個人並肩坐在只有吧檯的寒酸餐飲區。

「妳別那麼煩躁嘛。」

「不是跟你說少管閒事嗎？不要和我說話！也不要看我！」

看來亞美真的生氣了。伸手在吧檯上支著臉頰，身體朝著另一邊，喝著添加人工色素的碳酸果汁。她的背後與肩膀同時散發淡香水的香味與險惡的氣息。竜兒的心情也跟著變差：

「我道歉總行了吧？我只是開玩笑的，妳自己不也常開玩笑地黏著我？」

「我不是因為那樣生氣……算了。」

「什麼？到底怎麼樣？」

「算了算了……有很多原因，反正高須同學也不會懂。」

面對牆壁的亞美，說出來的話充滿強烈「到此為止」的意思，硬是要打上句點，切斷微妙的對話。可是——

「有很多原因……也就是工作不順利、北村的任性、因為我而生氣，這些有的沒的混在一起，讓妳感到煩躁……是這個意思嗎？」

竜兒做好遭到無視的心理準備，仍然勉強想要繼續這個話題。反正閒著也是閒著，可是亞美卻意外地盯著牆壁，小聲回應：

「……不是，才不是那樣。沒那麼單純。」

竜兒腦中似乎抓到一點頭緒。感覺亞美的話似乎別有用意，可是竜兒沒辦法找到引導她說出來的方法。似乎確實如同亞美所說，事情沒那麼單純。

「川嶋真是複雜的女人。如果真心想要完全了解妳，肯定會吃上一番苦頭。」

「這種程度的苦頭都沒有辦法欣然接受，就沒資格當我的另一半。而且……我也有讓人吃苦的價值吧？」

亞美以高傲的態度說完，有些粗魯地撥弄長髮，終於轉過視線瞄了竜兒一眼，冰冷的眼神和往常一樣滿肚子壞水。這樣子總比盯著牆壁好——竜兒這才稍微放心……

「唉，難懂的人不是只有妳。北村說了，他因為不想當學生會長，才會把頭弄成那樣。只要變成不良少年，就不會有人對他有所期待……妳覺得呢？他是說真的嗎？」

啥～～？亞美的雪白臉蛋終於轉過來面向竜兒……

「所——以——說——管他是真是假，祐作是在期待『某人』那樣想……算了，我說過不想和這件事扯上關係，你也不要向我報告。光是跟祐作在一起，我就覺得自己很蠢。」

這時在門另一邊的打擊練習中心裡，突然響起巨大的警報聲。

「啥！」

「怎、怎麼了？」

避難演習嗎？該不會真的發生火災了吧？竜兒和亞美嚇得幾乎同時站起，可是櫃檯裡的歐巴桑店員看來一派悠閒。只見五十歲左右的濃妝歐巴桑用力拖出一個巨大東西。

「恭喜——！」

「打中了，恭喜——！」

「打中了嗎？是誰？」

在店員們的掌聲之中——

「打中的人是她！很厲害吧？她是初學者喔！」

得意洋洋登場的熱血教練露出開朗笑容，用手指向鑽石原石大河。一臉困惑的大河也跟著一起笑，呆立在眾人的恭賀聲中，懷裡抱是濃妝歐巴桑硬塞給他的超大布偶——光看就不想要，和什麼鼠有點像，但是又不一樣。布偶的脖子上綁著緞帶，寫著「賀！打出全壘打！」

竜兒走近大河，想知道到底發生什麼事：

「妳又做了什麼！」

「沒什麼……好像剛好打中了。我狠狠一擊，球打到標靶正中央，然後突然響起警鈴，接著就變成這副模樣……」

「什麼叫這副模樣？這不是很棒嗎？逢坂很有才華喔！和亞美可以說是天差地別！太棒了，全壘打！」

「說真的，我又不需要那種才華。」

亞美不耐煩地瞪向興奮不已的北村，一副不在乎的模樣喝光剩下的汽水。大河把布偶遞給北村：「……你要嗎？」北村也很開心地收下。

竜兒對著濃妝歐巴桑問道：

「全壘打有這麼難得嗎？」

「不會啊？大概一個月會出現一兩次。」

「原來如此……」

「你的眼睛好像猛禽喔。喂喂，大家快來看，這個孩子眼睛好像猛禽喔！」

「唉呀，真的耶。」

「唉呀唉呀——」

「我看看，誰啊？」

「猛禽？蛇啦！像蛇！蛇的眼睛！」

北村開心就好，這一切都無須計較——竜兒在一身化妝品氣味的歐巴桑包圍下，又變得更加堅強。

太陽終於西沉，風也變得更加冰冷。

差不多該解散了。準備回高須家的三人和亞美正要道別之時——

「啊～～☆嚇我一跳，好巧喔～～！」

「是啊，真巧。」

沒有化妝的泰子迎面走來。在睡了一覺之後，她的肌膚細胞像是回春一般恢復美麗。去買東西的泰子，雙手提著藥妝店的袋子，身穿比竜兒運動服好一點的隨興衣服開心走近。在發現亞美之後說道：

「唉呀，小竜的朋友多了一位～！我記得妳之前來過一次吧～？好久不見～！啊～幸好買了四個布丁！來家裡大家一起吃吧～泰泰是大人了，可以忍耐～！」

「哇啊，真是好久不見！可是我正要回家，各位再見～」

亞美戴上做作女面具，若無其事地想要避免麻煩，趕快回家。可是——

「小竜！攔住她！泰泰需要人手！」

「咦？啥？什麼？」

「別管了，快點攔住她～！」

難得行動積極的泰子在竜兒耳邊下達指示，戀母情結的兒子怎麼可能不聽？他連忙追上快步走開的亞美。「啥？為什麼我非得去你家不可？」竜兒以「好啦好啦，來吃布丁。」矇混過去，總算把亞美一起帶回家。不過真正的原因就連竜兒也不清楚。

然後——

「呼呼呼呼呼……」

在矮飯桌前吃完她帶回來的布丁之後，眾人總算明白泰子的真正用意。竜兒、大河、亞美還有北村全都睜大眼睛，抬頭看著現身客廳的泰子。

她的運動褲往上捲到膝蓋，T恤搭上舊圍裙，雙手因為不明原因戴著薄塑膠手套，手中拿著的東西——

「小竜！就是現在！壓住北村～～！」

「喔……喔！」

——上面寫著「任何髮色一次搞定！變身超漆黑！最強黑髮復色劑For Man！」的黑色包裝。在竜兒了解情況的同時，北村也瞬間察覺危險，像隻悍馬一樣跳起來。

「大河！壓住他！」

「咦？唔、嗯！」

「川嶋！繞過去擋住玄關！」

「啊～～原來是這麼回事啊～～？是是是，真是的……」

竜兒從北村身後抓住他的兩條手臂，大河從正面抱住北村的雙腳，封鎖他的動作，幾乎快要把他抱離地面。

「等一下，這個姿勢，等、等、等……啊哇哇哇……！」

「妳在興奮什麼，笨蛋！好好壓住！」

北村當然也少不了大吼大叫：

「大～叛～徒～！高須，你是騙我的嗎！泰子伯母，妳不是站在我這邊嗎！」

「嗯～對不起喔☆泰泰當然希望北村可以永遠當小竜的好朋友～剛剛通過電話，你的父親很生氣，所以泰泰希望你能在回家之前重生啊～」

「可惡，還和我父母一直保持聯絡……不管妳看來多年輕，監護人就是監護人！」

「小竜好好壓住喲～亞美美眉來幫我～」

泰子把染髮劑的盒子交給亞美，將染髮劑擠在刷子上，緊緊抓住北村的臉。亞美也單手揪住北村的耳朵，幫忙固定頭部：

「唉——真是有夠短暫的金髮時代。祐作，覺悟吧。」

「我不要啊啊啊唔喔喔喔喔喔喔喔～！」

不乾脆的北村用力甩頭亂動，泰子和亞美因此放開按住北村的手，大聲慘叫：

「呀啊～嗯！」

「啊————！」

北村打掉兩人手中的染髮工具，染髮劑飛濺四周，理所當然落在泰子和亞美的頭上。

「呀啊啊啊！慘了慘了，這下真的慘了！快點洗澡洗澡！沖一沖！不沖掉的話，就連身上都會變黑～～！」

「嗚耶耶～跑、跑進去了～～！眼睛好痛～～！」

「冷霜呢？在哪裡？哇啊痛痛痛痛！跑進我的眼睛裡了！臭死了！不快點洗掉就糟了！」

眼前的景象簡直是淒慘的地獄，可是竜兒也在哀號。榻榻米、地板、天花板、牆壁……更重要的是身上！他放棄逮捕北村，盡快以手指擦拭噴在兩位哭泣女性臉上的染髮劑，讓她們睜開眼睛，並且把她們連同冷霜一起送進浴室。浴室傳來胡亂脫下衣服的聲音，接著就是沖水聲。

「所以我不是說了，別管我就好了……！」

竜兒還來不及喘息，就已經怒火攻心。

「你說什麼！」

聽到北村的話，竜兒忘記洗手，露出可怕表情轉身，看起來好像準備要說：「你這個王八蛋剛才說什麼？囂張的混蛋臭金毛！」而且他也想要這麼說。

我的榻榻米……不是，這傢伙是什麼態度？泰子會這麼做，還不都是因為北村跑來我家？這個混帳，把大家搞得一團亂之後，竟然還敢說那種話？

「臭小子，開什麼玩笑！離家出走跑來我家，還叫我們不要管你？看也知道我們多麼擔心你，你那是什麼態度？開什麼玩笑啊，臭小子！你這個混球快點滾回家，讓你發飆的老子用皮鞭好好教訓你一頓！」

「不、不用你說我也會回家！高須是個大叛徒！虧我一直這麼相信你！」

「關我屁事！你這個連大家多麼擔心都不知道的王八蛋怎麼想，跟我沒有任何關係！」

「喔，是這樣嗎！」

「對，沒錯！」

北村踏著慌亂的腳步走出走廊，又折回來拿一時忘記的「全壘打紀念鼠」布偶，接著粗魯地打開門出去。

「白痴白痴白痴——！我不管那個傢伙了！」

竜兒對著關上的門大喊，甚至想要灑鹽巴。

「……！」

大河搖晃倒在竜兒腳邊，一隻手伸向離去的背影，嘴裡喊著不成聲的聲音，成了被木屐踢倒在熱海海灘的阿宮，追求不見蹤影的貫一幻象，只能繼續以楚楚可憐的姿勢抖動手指。

（註：阿宮、熱海海灘、貫一均出自日本文學名作，尾崎紅葉所著的《金色夜叉》）

＊＊＊

「所以我一開始不是說了——？認真看待那傢伙的人是笨蛋。啊，真好吃♡原本還在考慮比薩，選這個果然是對的！」

「也可以點甜點喔☆真的很抱歉，亞美美眉……都怪泰泰硬要妳幫忙……眼睛還會痛嗎？害妳弄髒衣服，真的很對不起……」

「已經沒關係了～～！幸好馬上沖澡，所以臉、身體和頭髮都沒事。衣服原本就是黑色，只要去除臭味就沒問題了。」

「記得向泰泰要清洗費喔～～」

「不用了～～請我吃這一頓就夠了！今天真是幸運，老是有人請客！」

假裝好孩子的做作女亞美帶著微笑說道。她的頭髮大略以吹風機吹乾，身上穿著大河昨晚的睡衣——連帽T恤和運動褲。原本穿的衣服已經盡可能緊急處理，現在用洗衣袋裝著。坐在亞美旁邊的大河和亞美一樣，正用叉子吃著番茄奶油義大利麵。

等到亞美和泰子的頭髮乾得差不多，他們四人便一起來到車站大樓裡的義大利料理連鎖店吃晚餐。泰子給亞美添了麻煩，所以堅持無論如何都要請客。

「川嶋，吃這家店真的好嗎？」

「嗯，為什麼這麼問？這裡很好吃，人家很喜歡喔。」

「不是那個問題……妳中午不是也吃義大利麵嗎……？」

「嗯～～義大利人還不是三餐都吃義大利麵嗎？咦？唉呀，高須同學不覺得我剛才很『天生少根筋』嗎～～？討厭討厭，別誤會啦！常常有人那麼說！逢坂同學也別誤會喔！」

呵呵——♡久違的做作女面具亞美美，滿臉笑容地面對坐在隔壁的大河。大河一語不發，完全沒把戴著面具，裝模作樣的亞美美看在眼裡，只是無趣地繼續戳弄義大利麵。泰子湊近大河的臉說道：

「大河妹妹……難得大家這麼開心一起吃飯，都怪泰泰不好，對不起……泰泰太過勉強，害得北村生氣了吧……」

大河連忙抬起頭：

「唔……沒有，我沒有生泰泰的氣！我壓住了北村同學，他一定也在生我的氣……」

大河用力搖頭，但是聲音還是缺乏應有的霸氣。或許是想到北村在生她的氣，所以心情低落吧？她乖乖坐在亞美旁邊，連用叉子插起義大利麵的力氣都快消失。不過要是讓竜兒來說，北村要生氣就生氣，隨他高興，大河根本不需要陷入低潮——事到如今也只能這麼想了。拚命擺出惹人同情的模樣，又怒罵「別管我」的傢伙，到底哪裡正常了？

「有什麼關係，反正我們已經證實北村的確就如川嶋所說。」

唉呀呀——不斷道歉的泰子偷看一眼在旁邊大口吃著大蒜辣椒義大利麵的兒子：

「小竜，不可以生北村的氣喔～明明很擔心卻那麼說是不可以的～聽到沒有？難得今天晚上有亞美這麼可愛的特別來賓，應該很開心啊～！好了好了，笑一個～？」

「討厭啦，泰子小姐！高須同學不會因為我在就心情好喔！」

「咦～～？是嗎？好奇怪，亞美明明這麼可愛～～」

「因為高須同學已經有『這個』了！」

噗！辣椒黏上竜兒喉嚨的時機真是剛好。她在說什麼？竜兒實在很想問個清楚，可是嗆到的喉嚨咳個不停。泰子再度疑惑地偏著頭：

「這個？」

咳咳！接著嗆到的人是大河。她因為泰子的手突然指向她而嚇到，在竜兒對面低頭猛咳，一副打從心裡感到厭惡的表情，兩人同步的動作像在照鏡子。亞美到底在想什麼？她繼續以天使笑容說道：

「不對喲，不是這一個，另有其人～～！」

「咦咦咦～～！不是大河妹妹嗎！嗚～～！泰泰每天都在期待大河妹妹正式成為小竜的新娘，成為我們家的孩子耶～～！」

「幹、幹嘛擅自決定……咳咳！川嶋！妳在胡說八道什麼！」

「唉呀～～高須同學不喜歡讓父母知道那方面的事嗎？再怎麼隱瞞，等哪天你們兩個更進一步時，家裡還是會知道對方不是逢坂同學呀？不過沒問題的，泰子小姐！妳如果希望這傢伙當女兒，只要以一般程序收她當養女就行了。反正逢坂家根本沒有什麼親子關係。」

「啊，還有這種方法～～！可是人家還不知道大河妹妹的媽媽是個什麼樣的人……」

「妳們兩個吵死了！克制一點！從剛才開始就一直胡言亂語！」

竜兒終於忍不住大聲打斷對話。不可能清楚詳情的兩人，她們之間的對話彷彿快要挖到大河的心傷，不由得叫人害怕。

「竜兒，最吵的人就是你。」

可是大河的表情沒有絲毫改變，只是爽快撥弄頭髮：

「我不希望竜兒或任何人干涉我的人生。現在這樣很好，我一個人也能活下去，所以維持現狀我也無所謂。要錢有錢，也會洗碗，還學會煎荷包蛋，我一個人不會有任何問題，對未來也沒有一絲不安！」

會煎……荷包蛋……？竜兒有股想開口反駁的衝動，但是——

「哇啊！寂寞女！超孤單的！」

「妳高興怎麼說就怎麼說，反正蠢蛋吉怎麼想我都無所謂。」

就算亞美挑釁也不為所動，繼續吃著義大利麵。看到大河的樣子，竜兒突然想問另一個問題——一個人活下去，只是眼前的權宜之計吧？妳真正的想法應該是和北村在一起吧？可是說出「一個人活下去」的大河臉上，沒有任何遲疑、躊躇，看起來好像真的那麼想。竜兒第一次有了疑惑。

眼睛看到的大河和真正的大河——這兩者的內心難道完全不同？在「無法互相了解」這

件事上，竜兒也和大河一樣。或許兩人的距離沒有想像中那麼接近？看到的只是與真實不同的假象？

竜兒聽到亞美以受不了的聲音低聲說道：

「哼～～一個人也沒關係，妳真的那麼想嗎？我原本還以為妳是最無法原諒祐作，對他的作為感到最生氣的人……」

結果亞美幾乎一整天都和我們在一起。送她回到住家附近之後，高須母子和大河一起回家。泰子走在前面，三個人不曉得為什麼在夜路上排成一列縱隊。

「竜兒。」

大河配合竜兒的步調開口說道：

「剛才蠢蛋吉的那番話，不就是在暗示我們小実的事嗎？我因此聯想到一件事……小実最喜歡恐怖的事物，不是曾經公開表示『最討厭恐怖事物』嗎？」

「嗯，『包子好可怕作戰』對吧？」

「北村同學不是說過不想當學生會長？該不會其實是『非常想當』吧？」

竜兒本來想說「我已經不想再和北村有所牽扯」，可是卻又沉默不語。

北村的確說過。而且在說出那句話之前，他似乎真的與學生會長發生什麼……再加上無論我們怎麼問，他也不肯說個清楚。竜兒的心裡雖然懶得再理會那個傢伙，但是另一方面也很擔心他不曉得怎麼了。

「搞不好有可能……」

「情況已經一籌莫展，也想不到其他可能性，這麼一來……」

「一定要讓他當上學生會長。」

竜兒的腦中突然浮現一個可怕的想法。

——明天是星期日，正好有足夠時間做準備。

5

「唔喔……！」

「一大清早在做什麼！」

「嚇死人了……！」

星期一早上八點，正是上學時間。

假日隔天的早晨，照理說聽到的應該是「早安！」、「早！」之類爽朗輕快或是懶散無力的小鬼互相打招呼的聲音。

可是這天早晨的校園門口，卻和平常有些不同，聽不見輕鬆的招呼聲，取而代之的是驚叫聲與害怕的戰慄。不知情來上學的學生發現其他人停下腳步形成的人牆之後，也好奇到底發生什麼事而窺視人牆前方，接著便喘不過氣、無法說話，跟著形成一圈新的人牆，最後終於讓原本就很狹窄的鞋櫃附近走廊完全堵塞。暫時停下腳步的學生，陷入想逃走卻又過於混亂而無法脫離的窘境。

人牆相互推擠圍繞的空間，有個直徑五公尺的空曠處，彷彿擠滿人的最後一班電車上面有人嘔吐。不過這裡不是客滿的末班電車，也沒有需要閃避的嘔吐物。

「妳真的可以嗎？沒問題吧？」

「沒、沒問題。」

「別太勉強，我原本打算親自出馬的。」

「不用……我要做。這是我自願的，說到做到。我已經發過誓，只要是為了北村同學，所有能做的事我都要做。」

竜兒與大河站在包圍群眾的正中央，以只有彼此聽得見的聲量小聲對話。

兩人並肩站在體育倉庫搬來的台座上。雙眼睜得老大的大河拿著麥克風，竜兒確認過大河的堅定意志後，將手工背帶掛在肩膀上。下一秒——

「不會吧啊啊啊啊！」

「不要啊啊啊啊啊——！」

還沒開始說明，包圍兩人的人牆已經從中央向外一層一層發出慘叫。「快來人阻止他們！」「太困難了辦不到！」「饒了我們吧！」——叫聲特別大的，是若無其事混在慘叫人牆裡的二年C班同學。

好了。竜兒以眼神對大河示意。大河用力點頭之後深呼吸——

「統統給我安靜下來！」

她對著麥克風吼叫，可是聲音卻沒從麥克風傳出去。

「咦？忘了打開電源……」

包括竜兒在內的在場所有人一齊摔倒，緩和了現場的緊張氣氛。大河不禁臉紅，不過馬上用力站穩腳步：

「這、這不是麥克風！是帶來對付看不順眼傢伙的武器！」

嘿！大河突然用麥克風對著面前的男生全力揮棒，給他狠狠一擊。慘遭擊中的傢伙順勢倒地昏迷。「唔喔、春田！鎮作一點！別死啊！妳做什麼啊，掌中老虎！」——扶著春田，誇張大叫的人是能登。其實大河沒有很用力，而且還反手減弱麥克風的衝擊。春田算準時間倒下，成功地假裝昏倒，以雙眼翻白、全身癱軟的姿勢倒地。對於如此精彩的即興演出，竜兒感激地豎起大拇指小聲稱讚，能登與春田也偷偷豎起拇指回應。

「誰、誰去叫老師過來啊！」

「有人動手了！」

吵鬧聲浪愈來愈擴大，好奇的學生更加聚集過來。其中也有總之先拿手機拍照再說的莫名其妙傢伙。

竜兒對現場反應的熱烈，以及二年C班伙伴的鼎力相助感到很滿意，來回舔過薄嘴唇。可怕的眼神彷彿在想著：「對對對，就是這樣，再感到恐懼一點、可憐一點吧。你們這些祭品……」事實上他的想法的確有點類似，他要讓全校學生感到害怕、厭惡。

「給我安靜下來！今天早上就讓我來教教你們，什麼叫做恐怖！」

打開電源的麥克風，大河充滿怨氣的聲音迴盪四周。抬頭看向他們的學生紛紛張開嘴巴，只能傻傻站在原地。

「我恨你們……」

大河來回看著眾人，一一確認他們的長相。她的長頭髮蓬亂下垂，眼睛閃閃發光，肩膀上的背帶只寫著淺顯易懂的「學生會長候選人」：

「對於用些下三濫的流言侮辱我，享受卑劣樂趣的你們……對於到處造謠我和誰在交往的你們，我一直在思考報復手段……現在終於讓我想到了！」

吼！齜牙咧嘴的大河稍微舉起左手，在半空中作勢要把所有學生捏碎：

「我，逢坂大河要當上學生會長，讓你們的高中生活一片黑暗，讓你們與滿是鮮血的記憶一起埋到MO、MORG、MORGUE啦——！」

咿………！二年C班之外的學生發出慘叫。竜兒皺著眉頭往前一步，補上臨門一腳：

「後援會長就是我……誰教你們要亂說話……說我可憐，是被甩男、鬥敗犬……饒不了你們，絕對不可能放過你們！」

沒有麥克風，緊張讓他很難大聲說話，但是發抖、口齒不清的低沉聲音，配上散發可怕光芒的天然瘋狂眼神，反而更有說服力。

「誰誰誰誰說高須其實不恐怖的……？」

「明明就很恐怖！」

「會、會被殺掉……！」

「那個眼睛，根本不是普通人！」

噗！大河偷笑的聲音，讓竜兒的目光多了一層銳利殺氣。抬頭看著兩人的學生真的開始害怕驚叫——那個掌中老虎要和不良少年高須聯手，帶著對學生們的詛咒，報名參選學生會長——這一點讓所有人打從心底感到害怕。

兩人心中雖然感到抱歉，也不是故意要嚇同學，但是只有今天，竜兒不打算軟化。他對著快哭出來，說著「我的高中生活啊！」的女生發出殺人詛咒光束。自己並非有意，不過還是造成傷害，竜兒和大河不禁感覺自己是罪人。

是的，他們選擇的手段正是讓自身墮落入魔界。他們的目的是——

「啊，那個金毛是副會長北村同學！」

「他好像已經說過不參選，也要離開學生會！」

「所以掌中老虎才會出來占領學校嗎！」

二年C班同學當中，只有一人昨天沒有收到暗椿聯絡網的通知，那個人就是北村。頂著一頭金髮大方上學的北村，看見竜兒與大河的樣子，表情瞬間變得僵硬，但是馬上察覺這是怎麼回事，立刻無視走開，狡猾到令人憎恨。幾名學生立刻追上去：

「等等！北村！你沒看到他們在做什麼嗎？」

「拜託你出來參選吧！參選學生會長！」

「再這樣下去，高中生活會被他們給毀了！」

沒錯沒錯，就是那樣，就是那樣。竜兒與大河若無其事地交換視線，確認作戰順利。這招叫做「自入魔道引誘北村中計大作戰」。愈被大家討厭，外界就會施加愈多壓力，希望北村出來參選——這就是他們要的結果。他們要把唯有北村參選，才能擊敗大河與竜兒的氣氛散布到整間學校，把北村逼入非選不可的情況，讓他吃下包子。至於実乃梨與大河是死黨這點校內眾人皆知，因此她沒參與騷動，早就偷偷溜進教室。她是唯一不適合當暗樁，假裝害怕大河的人。

這裡還有一個絕對不能少的重點。

「呀啊！好可怕！到底會變成怎樣啊？」

太好了，時間抓得剛剛好——竜兒輕輕頷首。大聲慘叫的人是關鍵人物亞美。她在麻耶和奈奈子的跟隨下堂堂登場，而且也是麻耶說服原本不願意的她參與這次作戰。

「啊，川嶋同學！這裡很危險！快點躲在我背後！」

「不，躲我的背後！」

「不不不，亞美要由我護送回教室！」

男同學從四面八方包圍亞美，不是暗樁的雞婆傢伙甚至開始對三人說明情況。

麻耶與奈奈子很自然地喊出：「咦——？」「那不是慘了！」

「掌中老虎要選學生會長？超糟糕的！」

「對了，不如亞美出來選吧？亞美也很有人望啊！」

兩人演的短劇，讓周圍開始發出新的低語——「說得也是。」「如果北村不選，不如讓亞美出來……」「川嶋同學應該會全票通過吧！」亞美轉頭看向麻耶和奈奈子：

「我出來參選？也對，再這樣下去，我們的高中生活會被掌中老虎破壞！我雖然不是當會長的料，不過要是為了大家，我願意！」

鏗！這次的麥克風攻擊完全沒有手下留情——大河抓著麥克風線，以嬝美ＧＯＧＯ夕張鐵球的招式甩動麥克風，以精準的控球正中亞美腦門。亞美立刻抱著頭，單膝跪地。「哇啊！亞美！」「亞美，振作一點！」暗樁與不是暗樁的同學合而為一，讓騷動更加擴大。

「哇哈哈哈哈哈！只要是想阻礙計畫的傢伙，不管妳是蠢蛋吉或任何人，我都會毫不留情暗中殺掉！」

說什麼暗中殺掉，根本就是正大光明的攻擊。不過大河轉動的麥克風，已經十二萬分傳達她的意圖。

「怎麼可以讓亞美遭遇危險！」

「可惡！這麼危險，誰還敢參選！」

「都怪北村搖擺不定，才會有那種流言！能夠當學生會長的人，除了北村還有誰！」

「這根本就是北村的責任嘛！」

裡面的暗樁也趁勢順水推舟，將除了北村之外的任何人出馬參選的可能連根拔除。果然不出所料，學生傾向團結一致擁立北村。我的腦袋居然能夠想出如此絕妙的戰術，真是太恐怖了……忘我顫抖的竜兒背後——

「噫……」

獨！那個聲音聽來莫名沉重。不曉得什麼時候站到大河身後的單身班導（30），被大河得意忘形旋轉的麥克風——

「逢坂同學、高須同學，看樣子你們稍微冷靜下來了……」

——漂亮命中額頭。

「嗯嗯……原來如此，一開始原本是高須同學打算出來參選？」

「是的……」

竜兒與大河被壓到面談室，當著生輔組老師與單身兩人面前，把作戰計畫從實招來。

「總之我們扮演討人厭的候選人，讓大家覺得『只有北村出馬競選才能抗衡！』。我想北村就會逼不得已出來參選……不過——」

「只有竜兒出來選，很意外地似乎不會讓大家感到危險……所以乾脆由我登場……」

呼——單身揉揉疲憊至極的眼角，以有如呻吟一般的聲音說道：

「你們的意思是說，只要讓北村當上學生會長，他就會恢復原狀嗎？你們不希望他這樣叛逆下去，是這個意思嗎？」

竜兒重重點頭：

「沒錯……而且有這個想法的人不只我們，我們打電話給北村之外的二年C班全體同學，告訴他們計畫並且請求協助，他們也贊成了。北村突然改變的原因應該與學生會有關，我認為在讓他返回學生會的過程，我們可以從中知道原因。只要知道原因，就能夠幫助他解決問題。」

「可是如果北村同學最後還是不願意參選怎麼辦？參選人只有一名時，投票只是形式，逢坂同學真的會當上學生會長喔？」

「……北村同學絕對不會坐視不管。」

竜兒也點頭同意大河的說法。一開始就是因為二年C班全體都相信這一點，他們兩人才會選擇墜入魔界，尋求讓北村重生的方法。

「我覺得有可能因為大家一直叫他選，他反而更是不選喔？」

「即使如此，我們還是相信他最後會出來。」

聽到大河說得斬釘截鐵，單身與生輔組老師互看一眼——

「我懂了。既然你們這麼說，那就盡力去做吧。不過逢坂同學，如果妳真的被選為學生會長，我們可是不接受『我只是選好玩的』這種理由喔？」

「我已經有心理準備。到時候我真的會讓這間學校成為一場夢魘——」

「……當然到時候我也會盡我所能在一旁協助，盡量不給學校同學找麻煩。」

竜兒以強而有力，像是要壓過大河的聲音說道，然後看向單身不斷嘆息的臉。

「老師，不要緊的，我們會平安脫離魔界回來。」

大河也試著以自己的方式，替額頭上留有麥克風印子的單身打氣。

「嗯，你們要平安回來。對了，還必須做海報和傳單……等一下過來教職員室，我教你們怎麼用影印機，你們要想好恐怖的選舉政見。會用電腦吧？我也會幫助你們。」

——就這樣，單身（30）也墜入魔界，成為召喚北村回來的成員之一。

就在當天，濁黃色與灰黑色兩種樣式的海報各一百張，貼滿學校各個角落。接著還把用紅色文字寫著「惡魔契約書」的傳單發到各班，成功將全校學生推入「玩真的嗎……」的恐慌漩渦。這些當然也發到二年C班，全班都佯裝不知情地騷動——「不得了！」「你再考慮一下啊，高須！」唯獨北村對整件事沒有發表意見。

競選的造勢時間到星期五為止，一共五天。星期五是提出參選申請的最後一天，隔天的星期六是每個月兩次的上學日，屆時將利用比較長的班會時間，舉行學生會長選舉投票。

＊＊＊

「唉……真是固執的傢伙……」

「之後他都不和我說話了……」

「他也一直無視我啊……應該說北村對全部的班上同學都視而不見……」

竜兒與大河兩人連電視都沒開，只是茫然並肩抱膝坐著，彼此交換空虛的對話，抬頭望著天花板。

晚餐的配菜只有盒裝生魚片。泰子早就出門工作去了。剩下的兩人茫然想著——時間流逝的速度真快啊。

兩人在這間房裡打電話給班上同學說明計畫，到今天已經過了五天。星期一，他們在校舍入口生動宣布投身魔界。星期二，他們在校門口埋伏放學回家的同學，和他們一一握手。星期三，在午休時間的校內廣播朗誦學生自治構想報告，造成幾名一年級女生感到暈眩和受到精神衝擊。星期四，利用下課時間巡迴各班，校內一片哀鴻遍野，結果被老師罵：「你們這樣太超過了！」

經過四天，他們發現其實不用特地這麼做，「掌中老虎」的名聲也夠讓學生害怕發抖。可是等到他們回過神，轉眼之間——

「還剩一天……如果明天結束之前北村都沒有提出參選申請……」

「我就是學生會長……」

兩人同時緘口不語，沉重的沉默籠罩高須家。

北村繼續頂著一頭金髮上學。老師每次要他染回來，他總是頑固反駁：「這已經傷到頭皮，染不回來了！」而且完全無視竜兒與二年C班的同學。對於每天來求他「拜託你出來參選！」的其他一、二、三年級學生的懇切拜託也充耳不聞，乾脆地拒絕：「看這顆頭就知道我的生活不檢點，實在不適合擔任學生會長。」

事情並沒有想像中簡單。事到如今，竜兒才重新體認北村並非如同他的外表，只是單純簡單的好學生。頑固、難以取悅、會記仇、有時候很冷漠，還有——陰沉的竜兒用下巴頂著膝蓋。從看到北村哭的那一天開始，一直想著同樣的事。

一直以來，我到底看到北村的什麼？

我懂他，而且為此得意洋洋。

我要懂你，我要幫你——這種不成熟的得意忘形，現在得到報應。竜兒覺得自己根本沒有絲毫成長，只是不斷反覆同樣的愚蠢行為，不斷失敗。竜兒偷看大河的側臉，原本以為了解大河，只要和大河有關，就全部和自己有關。幫忙她、插手干預、照顧她——這些全部都是為了滿足自己。

因此對於大河父親那件事，自己也想以同樣的方式操控，但是失敗了。差點因此失去大河，自己的下場很悽慘，也讓大河有了痛苦遭遇。明明發誓再也不幹這種蠢事，明明已經付出如此昂貴的代價，這次又搞到快要失去北村這個好友。到底是什麼時候做出蠢事？打從一開始就錯了嗎？

明明沒注意北村的異常，卻自以為是地認為一定有什麼關鍵因素，並且一心想要讓他恢復。從那個時候就錯了吧？可是，難道要用自己也是不成熟的小鬼、不理解別人當成藉口，直接拋下北村不管嗎？難道正如亞美所說，只要北村一哭，就會有人來幫他，而且北村自己最清楚？難道無能為力的我不應該出手，應該等待実乃梨所說，像亞美那樣的「最後的救贖」出現，取代沒用的我去幫助北村，我只要等待就好了嗎？

要我坐視不管，我真的辦不到——不，辦不到是因為獨善其身的自我滿足。但是……

「不知道……我已經不知道該怎麼辦了……」

竜兒閉上眼睛低聲呻吟。

「竜兒……手機在響。」

大河把震動中的手機滑過榻榻米，送到竜兒腳尖。看到沒見過的電話號碼，竜兒一時有些猶豫，但還是按下通話鍵。只要能離開走投無路的窘境就好，哪怕是和不認識的陌生人講電話還是什麼。

「喂，你好？」

『喂？呃，我是二年A班的村瀨。請問是高須……嗎？』

「啊，我是。村瀨……？」

沒有印象的名字，並不是一年級時候的同學。大河也疑惑地偏著頭，望著竜兒的臉。

『不好意思，第一次和你聯絡，我是從班上同學那裡要到你的手機號碼。有件事想和你談談，就是北村的事……啊，我是學生會的總務，一年級就和北村一起在學生會工作。』

「你是學生會的人……？」

竜兒按下音量鍵把聲音調大，村瀨的話讓他心跳加速。

『是的。你擁立掌中老虎進行會長選舉活動，我們學生會都知道那是為了煽動北村參選，沒錯吧？』

「喔……被識破了嗎……」

『是啊。而且在同學之中真正害怕你們的人，我想也是極少數。特別是二年級，大部分都知道高須不是流氓，也知道你是北村最好的朋友……總之，我想告訴你們不用擔心會長選舉，明天如果北村不登記參選，我會出來選。這樣一來，你們就能夠放心取消參選。』

「是、是嗎……謝謝你通知我。事實上我現在正在煩惱，大河如果真的當上學生會長該怎麼辦。」

『不要緊，交給我吧。我打算等北村出來參選等到最後一秒。表面的理由是副會長繼任會長最好，真心話則是這兩年來一起在學生會活動，實在無法想像那傢伙離開。這樣子就完全沒樂趣了。』

「你說得對，我能了解。」

『會長也是嘴巴說：「別理那個王八蛋！隨他去！」可是心裡絕對不希望最後離開時是這樣結束。』

正準備回答「我也懂。」的竜兒突然反問：

「最後離開時？」

『啊、對了，你不知道。雖然也不是什麼祕密……嗯，總之有很多原因……』

「什麼意思？說來聽聽吧？告訴我。」

『唉……啊——呃……』

村瀨顯然是發覺自己說溜嘴，因此含糊其詞。說不是祕密卻如此動搖，看來北村變成這樣的原因果然來自學生會。竜兒相信如果不在這個時候問出來，他們的參選就沒有意義。

「拜託你告訴我，我們也很擔心北村，不曉得究竟發生什麼事……能夠拜託的只有學生會了！如果你有線索，不管什麼都好，無論是想像或推測，都請你告訴我。拜託你！」

對方明明看不到，竜兒還是拚命在電話這頭鞠躬。欲言又止的村瀨終於被竜兒說動：

『這件事發生在北村說要離開學生會之前不久……前陣子不是校慶嗎？隔天學生會與校慶執行委員會一起收拾善後，然後那天……』

竜兒坐在榻榻米上聽村瀨說話，甚至忘了回應，只是沉默地將手機貼著耳朵。

對方說完之後，竜兒說了一句：「……謝謝你告訴我。」

結束通話之後蓋上手機，竜兒站了起來。

「竜兒？誰打來的電話？你們剛才談了北村同學的事吧？」

竜兒沒有回答大河的問題，身上穿著簡便的長袖T恤和運動褲，什麼也沒帶就大步往玄關走去。「竜兒？怎麼了！」大河追上去，但是竜兒沒有回頭——因為他無法回頭。

腦袋一片空白。

混亂，還有該怎麼說？憤怒嗎？連自己也不明白的怒氣從腹部點燃，湧上來的情感將竜兒的理性燃燒殆盡。

「我在叫你啊！你要去哪裡？」

「去痛揍……北村一頓！」

「咦咦！等一下……竜兒！」

連外套都沒穿，套上運動鞋便甩開大叫的大河衝出玄關。門也沒鎖，一口氣衝下樓梯。

天色已黑，空氣冷到刺人，每吸入一口都讓喉嚨凍結，不過竜兒仍然繼續奔馳。柏油路面堅硬的感覺撞擊腳底，震動五臟六腑，讓背部感到疼痛。停不下來的腳一來到國道更加快速度，目的地是位在橋另一頭的北村家。就算被無視、被討厭，竜兒還是要把北村拖出來問個清楚。不夠成熟也好，愚蠢導致失敗也罷，我無所謂，怎麼樣都無所謂。自己確實認真煩惱、思考北村的事。不只是自己，実乃梨、亞美、泰子、能登、春田、班上的大家，還有包括村瀨在內的學生會成員、北村的家人、單身，以及大河。大河還為北村哭了。

一切都是為了——那種事。

為了那種沒有人可以解決的事。

根本只是小鬼在耍任性啊！

「那個、那個、那個……王、八、蛋……！」

咒罵聲從緊咬的牙齒縫隙迸出。從國道上可以看見河堤，竜兒跑上水泥階梯、撥開枯草，來到冬天仍隱約發出臭味的河濱步道。

他只想早一步揪住北村的衣襟把他拖出來，把臉貼近到快撞上他的額頭，看清楚那張乾淨的臉——他想看看到底是什麼臉，能夠為了「那種事」引起這麼大的騷動。

朝著燈光跑向大橋，竜兒在心底描繪可恨金髮男的臉。就在這時候，有個人影突然從枯褐色的草叢現身。

「咿——————！」

「呀啊————————！」

慘叫聲響起，頭撞到頭的兩人同時摔倒。

痛……兩人一邊呻吟，一邊睜開瞇起的眼睛確認對方，接著兩人同時僵住。

街燈底下，面對面坐在地上的兩人幾乎同樣姿勢——用手指著對方發不出聲音。不，比較驚訝的人是竜兒。他的嘴唇一張一闔不停發抖，愕然望著面前和記憶有點不同的臉。

「北……北村？你的臉是怎麼回事！」

「高須……」

竜兒扶起自己原本打算痛毆一頓的傢伙，從口袋裡拿出面紙。

「啊，謝謝……」

「誰幹的！要不要緊？」

「不，是我在家裡和老爸……」

突然出現的北村，鼻子和下巴正滴滴答答流血。仔細一看，嘴裡也滲出血來，腫起的瘀青眼皮下面，藏不住的淚水沾濕臉頰。

「站得起來嗎？來，抓住我！」

「唔……」

竜兒毫不猶豫地伸出手，北村抓著他站起來，同時從雙眼溢出更多淚水，教人想裝做沒看見都沒辦法。竜兒拚命摩擦他的背。

眼淚的原因，或許也和村瀨說的事有關吧——學生會長狩野堇原本要在高中畢業之後出國留學，不過時間突然提前，下星期就要休學前往美國。這就是北村要幼稚鬧彆扭的原因。

＊＊＊

河水滔滔——用這個詞來形容好像太好聽，其實也只不過就是流過灰色街道邊緣的寬廣一級河川。

在河濱步道盡頭，除了偶爾會有卡車或計程車經過，完全不見人跡的角落，兩人從欄杆縫伸出腳並肩坐著，一起看向下方濁黑的河流。

竜兒尷尬地吸過鼻子，偷看北村的側臉。他被打得很慘，UNIQLO風的針織衫衣領四周縐巴巴拉扯變形，裡面的襯衫胸口也沾上血汙，眼鏡和鏡框扭曲傾斜，像是黏在鼻梁上。家裡的爭論愈來愈厲害，最後老爸終於發飆，打不贏的北村於是逃出家中。

「抱歉，真的……我一直說不出口……」

「嗯。」

「真的……很多事、對不起……」

「我說算了。」

北村難為情地抓頭，下定決心似的再度重重吐出一口氣。他抹過雖然天色昏暗，還是能夠清楚看到瘀青的眼窩，舔舔裂開的嘴唇：

「我知道自己讓大家擔心了，也知道逢坂出來參選是為了我。我全部都知道，卻……害大家那麼擔心，愈來愈無法說出原因……很無聊、很蠢、很丟臉的原因。聽到村瀨說過之後，你也覺得我很蠢吧？所以才準備去我家問我。」

北村望著河面，緩緩說著難以開口的話。

他喜歡學生會長——

暑假的社團宿營時，就已經聽說狩野堇畢業後要出國留學，知道她與自己相去太大的遠大夢想，同時也領悟自己配不上她。

「她說要成為太空人。」

「太……太？太！太——？」

「很不真實對吧？但是美國宇宙工程的教授邀請她過去念大學，並不是夢想而已，而是真的要去學習開發太空船。她說要成為一個工程師，見證人類目前尚未抵達的世界。」

狩野堇……我們的大哥要……竜兒嘴巴張成「太」字之後就一動也不動。

早就知道大哥的優秀，可是沒想到她居然……人類、宇宙……她準備親自用自己的手去觸摸遙遠又偉大的夢想。光是留學美國就非現實到讓竜兒頭暈……不，不僅如此。

他說喜歡會長，這件事竜兒還是第一次聽說。北村祐作，多說一點！竜兒自己一個人混亂不已，北村卻像在自言自語：

「所以……結果必然是失戀。我已經下定決心放棄，準備在畢業典禮來臨那天之前，想辦法整理心情，然後比任何人都更大聲為她加油，揮手笑著送她走。本來已經決定好到時候一定要無怨無悔、由衷為會長加油……」

他的聲音突然像小孩子一樣抽噎。竜兒嚥下口水、調整呼吸、讓橫隔膜恢復平靜，裝出不在意的樣子繼續等待。

「明明已經決定好了，卻突然、突然……」

「嗯……」

「校慶結束整理善後時，她突然說馬上要走、說下個月就要走……決定不參加畢業典禮，配合對方的時間。說要休學，靠通訊方式取得高中學歷。我慌了，原本以為還有四個月，可是突然變得沒有時間。太詐了，怎麼辦？我還沒辦法調整好心情……又沒辦法告訴她：『這麼突然我怎麼笑得出來？』什麼都不能說，會長也什麼都沒對我說……不對，可能是我希望她對我說些什麼，我也搞不清楚。」

北村的手緊抓石頭欄杆，竜兒也不知道該說什麼。

「只是、該怎麼說……當時的我心想：『唉，原來我的存在對她來說不算什麼。』持續兩年的暗戀，什麼……一點也……連一顆灰塵都沒留在她的心中。我再次明白會長只看著自己的夢想，在她的眼中完全沒有我的容身之處。我這個人真的沒救了，完全沒長進，我和我過去的人生一點價值和意義都沒有，無藥可救。唉，總之就是這樣……」

他已經想要捨棄一切、停止一切、毀掉一切，然後自暴自棄地要叛逆——北村撥弄金髮，難為情地笑了。

這位優等生想要大喊：我要拋棄一直以來重視的所有東西還有自己！這些全部都是垃圾！我清楚得很！

「我心想……或許這麼做會長就會對我說：『沒那回事。』……這麼一來，啊……我真的是個笨蛋。」

「你不是笨蛋，只是受傷而已。」

同樣姿勢的竜兒也試著握住欄杆，沒戴手套的手被欄杆的冰冷與粗糙嚇了一跳。怎麼能認輸！竜兒握得更緊。現在的他對於自己認為北村的苦惱原因很無聊，深深感到後悔。

正因為認真，正因為真心喜歡，北村才會這麼煩惱。坐在他身旁聽他訴苦的竜兒，此刻終於深切明白這一點。或許這又是自己自作主張的誤會，但是竜兒依然這麼認為。

「可是……沒必要一開始就決定放棄吧？你們各自朝著自己的目標前進……呃，如果能夠實現……如果能夠回到同一個家，這樣不是很好嗎？把這個當成期望試著告白，有那麼不堪嗎？雖然大哥優秀到讓人退縮，而且夢想遠大到嚇人，可是……職業沒有貴賤之分吧？上班族也不比太空人差啊。不論是酒店小姐、業務、漫畫家、小說家、漁夫、建築師、便利商店店員、學校老師，只要認真工作都很偉大、都很值得敬佩。為什麼會想些莫名其妙的東西，認為自己配不上對方呢？」

「我……沒辦法那樣想。」

北村的聲音窒塞低沉：

「我不認為自己配得上有能力實現困難夢想的會長。我認為自己無法擁有同樣等級的目標，覺得這樣的自己很丟臉。我想追上遠行的會長，但是不可以……不想成為她的包袱，不想被她當成是障礙、是個扯後腿的傢伙。可是我怎麼樣也到不了與會長相同的等級，沒有外國人會找我，現在的我也不可能休學飛往海外，什麼都做不到……我終究只能當個愛慕會長的『學弟』……」

「別哭了。」

「……我沒哭。」

竜兒的胸口正在隱隱做痛。

北村放棄對狩野堇的愛——他的心情竜兒不是不懂。「職業無貴賤」沒有錯，說起來也很簡單，所以才能堂堂正正說出口，但是終究只是場面話。太空人必須經過特別挑選，只有極少數的人才能擔任，工作困難而且肩負人類的夢想。其他工作再怎麼事業有成、再怎麼有錢，兩者的水準依然不同。其實竜兒也很清楚這點，只是基於心中的倫理觀念所以不能說出口，但是他真的明白。

就算能夠從地面揮手為她加油，也絕對不是對等。距離之外還有太多差異過大的部分。

這種事我很清楚。

「唉，這就是我的頭變成這樣的原因。我也試過離家出走，事情剛發生時爸媽的確很生氣，可是依然護著我。終於在今天……他們問我：『你有沒有認真在為將來打算？』、『聽說你不參選學生會長？』我立刻頂撞回去：『我不要去上學了！』」

「你還真是……該怎麼說，真是豪邁……」

「然後就變成你看到的模樣，被打得很悽慘。這還是第一次——很多體驗都讓我驚訝，被打果然很痛。也難怪老爸會生氣，我很害怕老爸生氣，最後也親身體驗，所以我逃了。叫我說明想休學的理由，我怎麼說得出口？難道要告訴他們我是因為失戀所以自暴自棄？」

「我還是先問一句，你不是真的想休學吧？」

「當然不是，我從來沒有那種打算。我的希望其實是——如果全部能夠依照我的想法，我希望會長的留學計畫，恢復原訂時間出國，然後我帥氣當上學生會長，對她說：『一切交給我吧！』最後……希望會長認為我已經變成可靠的男人。」

「沒辦法稱心如意讓會長喜歡上你，就讓她感受你的人品啊。」

「喔喔、也有這種方法啊。那實在太遠大了，我連想都不曾想過。」

竜兒忍不住笑了，試著在耳朵深處重覆北村剛才說的願望。這時的竜兒終於察覺：

「原來是這樣……你其實很想當學生會長嘛。」

「被識破了嗎？」

北村也笑了，以近似哭聲的低沉嗓音吐出心中的祕密：

「對，我想當，想當個了不起的學生會長。副會長是由學生會長任命，因此我被選為副會長時真的很高興，心想會長總算稍微認同我。可是會長已經要離開……我如果當上學生會長，正代表一切真的要了斷，讓它結束……不，雖然實際上已經註定告一段落……不管我當不當學生會長，都確定要與會長分開……可是我不想違背『想當』的心情，也不想否定被任命副會長時的心情。能夠被認同是事實，我想成為會長認同的男人，成為受到會長認同的新任學生會長、那樣的男人。但是另一方面，我又不想當。因為當了就代表一切結束。不，其實早就結束……總之我一直被這股反覆的心情束縛。」

「無法盡如人意，這就是人生嗎……」

竜兒突然有股熟悉感，想起原因之後不禁有點想笑。輕呼白色氣息，嘴角露出微笑。

「怎麼突然笑了？」

「沒什麼，只是想到了一件事……春天時的大河也說過同樣的話。她也遭遇許多不順遂……我們兩人在家庭餐廳裡聊著人生的困難，最後火大的大河還踢倒電線桿。」

「喔、真不愧是逢坂……水準和我完全不同。」

竜兒仰望天空，尋找靜靜掛在天空的獵戶座。

那一天大河止住淚水，兩人再度前進時，群星就一直在頭上閃耀光輝。

它們……很難說是否已經隕落，但是遙遠又微弱的星光，在被汙染的大氣層以及自行發亮的城市阻攔下，即使隔著數萬年的時間，今日依然閃耀。那一天的星星，今天也同樣繼續發出光芒。

那天、今天、明天、後天，都會繼續發光。

「我問你……美國也看得到獵戶座嗎……？」

同樣抬頭仰望夜空的北村問道。

「看得到嗎……不會在同一個季節看到吧？而且美國那麼大。」

「這樣啊……看到的不會和這裡一樣。說得也是，畢竟美國那麼遙遠。」

「但是遠比星星與星星之間的距離來得近了……即使星星隕落、星座形狀改變，抬頭看到的仍是同一個星座。即使不在身邊，無法一起仰望，但是每當夜晚來臨，季節轉換就能夠看到同樣的星星——同樣的東西。」

沒錯。確定的東西不會改變。

佇足抬頭尋找星星，思念在某處仰望同一顆星星的某人，這份心意不會消失。

只要明白這一點，即使距離再遠——

「怪了?高須，剛才……」

「嗯?」

北村突然東張西望，接著手一指，聲音同時傳到竜兒耳邊。

竜——兒——

大——笨——狗——

搖曳的長髮剪影穿過枯草叢。圍著男人的圍巾，身穿波浪滾邊連身洋裝搭配針織連帽T恤，整個人感覺很蓬鬆的大河，一邊叫著竜兒的名字，一邊往完全錯誤的方向走去。

「糟糕，我可不想被女孩子看到我被揍得這麼悽慘的丟臉模樣。」

嘿咻。北村起身拍拍穿著俗氣棉褲的屁股，沒有回頭，只是對竜兒揮手：

「我先回家了。明天學校見。」

「北村……沒問題嗎?」

「嗯，沒問題。我會向老爸道歉……我已經決定要好好道歉。」

竜兒起身想要目送小聲說完、跑著離去的背影，就在這時候——

「啊——！找到了！可惡的竜兒！」

她應該沒發現早一步穿過枯草叢離開的北村。一找到竜兒，她立刻擺出恐怖的表情衝向竜兒。大概準備狠狠罵他一頓，搞不好還會被打——竜兒已經做好身體和心理的準備，放鬆膝蓋關節，準備避開來自四面八方的拳頭。

「你這傢伙！叫你等一下也不聽，一個人跑出來！你在這裡幹嘛！」

「喔……！」

瞬間移動過來的大河，把冰冷的雙手迅速塞進竜兒衣領。

這一招遠比打人有效率。意想不到的冰冷，讓竜兒瞬間失去意識。

「我追在你後面出來，可是一下子就不見人影，真是傷腦筋。問路人有沒有看到恐怖有如惡鬼的傢伙經過？於是路人一面發抖一面說看到你跑向河濱步道找尋獵物。可惡，你這隻野狗真是罪過……連路邊小鬼都因為你而留下心靈創傷……」

兩人並肩走在等人高的枯草叢所包圍的步道，大河哼了一聲。能夠看到白色的鼻息，讓人意識到今晚的寒冷。身體發抖應該是天氣冷的關係。

「我說……你真的揍了北村同學嗎……？」

「沒有。」

「不然這種時間在這裡做什麼？剛才的電話又是怎麼回事？」

「不告訴妳。」

竜兒打算把剛才和北村聊的事當成永遠的祕密。因為對象是我，北村才會開口，所以就算大河揍我踹我、按壓我的死穴、把我綁上十字架、流放到佐渡島，甚至斬首示眾……我都不會說。竜兒不自覺地盯著腳尖，卻突然遭到絞殺——

「唔唔唔咕唔唔……！」

沒想到自己真的會被勒斃。旁邊的河川看來就像地獄的血池河一樣，真心感到害怕的竜兒不禁想要掙脫。

「停一下啦。」

「唔……？」

他注意到有個柔軟的東西繞住自己的脖子。

大河學著竜兒的手法幫他圍上圍巾。她在竜兒背後拚命伸長身子，笨手笨腳又粗魯，再加上身高差距的關係，所以才搞出像是絞殺的結果。圍巾總算勉強以套繩索的方式，在竜兒脖子上捲成兩圈。

「咕噎噎噎！」

「吵死人了……」

啾！從脖子後方勒住……不是，是打個結就算大功告成，大河拍拍打結處表示完成。竜兒連忙自行弄鬆脖子上的喀什米爾圍巾，總算脫離痛苦，恢復呼吸——輕柔的暖意頓時環繞竜兒。

鼻子聞到的香氣不是自己的味道，而是大河頭髮常有的味道——甜美有如花蜜的透明味道。幾次借用下來，味道已經沾上圍巾了

女孩子的味道——洗髮精的味道？慕絲或髮蠟的味道？還是脖子根部、耳朵後面的味道？總之就是很溫暖。竜兒學習大河把染上三十六度體溫的喀什米爾圍巾拉到鼻子，冰冷的雙手壓在嘴邊呼氣，用自己的氣息加溫。在寒冷的初冬晚風之中，竜兒總算能夠抬起頭。

枯草零星生長，乾砂鋪成的步道前後沒有任何人，只有遠處隱約傳來汽車的聲音，剩下的就是風聲、自己和大河的腳步聲混雜河水流動的聲音。在無邊無際的黑色夜空裡，星群與那天一樣繼續閃耀。

即使看不見、相隔很遠、是過去的幻影，群星還是不分昨天今天，持續在竜兒頭上閃爍，明天應該也在。無論是哭是笑，依然繼續存在——這是竜兒的想法。冷雨降下的夜晚、身體不住顫抖的夜晚、不想睜開眼睛的那天——就算是那樣的日子，星星的光芒仍舊存在雲

層那頭。

它們就在那邊。

與星星一樣不變的東西一定也是如此。

「妳不會冷嗎？」

「很熱。」

大河的聲音和平常一樣，不愉快加上淡淡的冷漠，就像在冷風中閃爍的星星。竜兒幫她那頭隨風搖曳的亂髮，戴上連帽上衣的針織帽。大河什麼也沒說，只是任由他這麼做，然後把頭髮拉出帽子，讓帽子可以拉到眼睛下面。

「……你剛才在這裡做什麼？」

小聲說話的她用頭髮和帽子遮住臉，不讓竜兒看見。

「都說不告訴妳了。」

看不看得見都無所謂。

「喔，是嗎……」

兩個人有一句沒一句，呼氣暖和自己。原本冷到不行的身體一點一滴恢復溫度。

一起把手插在口袋裡，以三十公分的距離並肩行走。即使不牽手，大河也絕對不會遠離竜兒身邊。帽子底下的眼睛偶爾悄悄發光，雙腳配合竜兒的腳步前進。

大河——竜兒無聲呼喚。

大河——

北村不是星星。

他不是距離妳幾萬光年的幻影。

他和妳一樣，都是會在頭上的那顆星星底下，有時苦惱、有時停下腳步，還是不斷跨出腳步前進的人。

星星總有一天會隕落吧？大河、北村、我，還有其他人都會看著同一顆星星消失。人們總是這樣抬頭看著星星，想著在某處同樣看著星星的某人，然後繼續前進。

所以大河，妳絕不是孤單一個人。即使妳的嘴巴說：「我一個人也能活下去，沒問題。」但一定有個人，至少現在是我，會和妳一起抬頭看著同一顆星星，不管哪天星空的形狀改變，星空永遠會有星星。

「竜兒，我的肚子有點餓。」

「喔……去便利商店買關東煮？」

過了一會兒。

「嗯！」

大河的聲音響徹寂靜的夜晚。

＊＊＊

隔天是星期五。

來上學的北村，頭髮已經染回只有「丸尾」兩字足以形容的俗氣黑色，在校舍入口換穿室內鞋。「咦？那是北村吧？」「重新做人了。」「也就是說……難道！」在各方竊竊私語中，北村緩步前進，他的目標正是——

「明天就是投票日！」

「不投票的人，我會追殺你到地獄盡頭……啊？」

大河與竜兒單手拿著麥克風在進行最後的催票。他們一看到北村，突然說不出話來。

「北村……」

「北村同學……」

北村笑了：

「抱歉了，兩位，已經夠了……不，是不准你們繼續亂來！我北村祐作，要把這間學校導往正途！」

就在這一秒。

「等你很久了！」走進學校的學生呼應這些日子來的擔心，為北村熱烈鼓掌。暗樁部隊也和大家一起鼓掌。剛走進學校的亞美從別人口中聽到發生的事情，一瞬間露出驚訝的表情，接著也以可愛做作女的模樣與大家一起鼓掌。

終於下定決心了——竜兒與摯友交換視線，臉上忍不住流露笑容。「不好，高須同學發飆了！」即使有人這麼大叫，竜兒的表情還是沒變。

6

因為聽到太過突然的事——

「啥……？」

竜兒目不轉睛盯著面前單身（30）的臉。放學前的班會時間結束之後，他被叫到教職員室。此刻的職員室裡瀰漫一股尷尬的沉默。

「別、別用那麼銳利的眼神看我……我很在意自己的細小皺紋……」

「不，我沒在看。老師剛才說的是真的嗎？是不是搞錯了？」

「真的，北村同學還是沒提出參選申請。剛剛A班導師找來學生會的人，就是說過北村如果不出來選，自己會出來的那位確認過了。」

「啊、是村瀨吧……午休時間聊天時，他還相信北村會出來選，所以很開心呢……」

「這樣啊……北村同學還在教室裡嗎？」

「不清楚，老師一找我就馬上過來。不過……老師，妳為什麼要特別問我？直接問他本人不就好了？」

「我不想在教室裡逼問他……大家正在高興北村要參選，如果當著他們面前說：『你還沒提出申請，不打算參選了嗎？』不管答案為何，一定會造成很大的壓力……嗯……」

看來單身也不曉得該如何是好。她坐在位子上重重長嘆，然後用力扭轉背部，發出吱嘎聲響。竜兒見狀忍不住想對她鞠躬並且說聲「辛苦了」。和竜兒一樣……不，或許更嚴重。這些日子以來，三十歲的單身班導也為北村的事操勞不已，搞得腰酸背痛。做了不少努力、花了不少心思，最後卻是這種結果——北村還是沒有提出參選申請。

今天早上的宣言到底算什麼？宣布參選還好，還是後來改變心意了嗎？不，搞不好只是真的忘了提出。如果真是這樣，我們現在下定論太早了。不去詢問本人，無論我們怎麼想像都得不到答案。

「總之我先去把他帶來。」

「拜託你了。規定是四點以前沒有提出申請，將會無法參選。」

竜兒草草行禮，奔出教職員室。因為半路上被某位老師喝斥：「不准用跑的！」只好盡量大步逆向走在放學回家的學生之中，急急忙忙兩階併做一階爬上樓梯。

他原以為北村早就提出參選申請，其他同學當然也是一樣。如果北村回家了怎麼辦？

「喔！」

「嗯？怎麼了，高須？」

還在啊——心裡一邊祈禱一邊打開教室門的瞬間，竜兒看到以理所當然的樣子坐在座位上收拾東西、準備回家的北村，不禁有點虛脫。教室裡還有幾名同學，但是沒看到大河、実乃梨和能登等人的身影。

「大、大河他們呢……？」

「聽說站前大樓今天有家鬆餅咖啡廳新開張，她們和亞美等人會合，一群人跑去吃點心了。能登和春田也一起去了。他們也有找我，不過我拒絕了。因為你不曉得跑去哪裡，他們就拋棄你了。我們兩個真是多餘啊。」

北村的臉上和平常一樣帶著開朗笑容。竜兒突然說不出話，忍不住盯著那張笑臉。

「喂喂、怎麼了？我的臉上沾到什麼東西嗎？啊，是絆創膏吧。」

北村一邊嘆息，一邊開玩笑地摸著嘴邊的傷。

「現在是悠哉喝咖啡的時候嗎，北村……？」

「……」

北村的笑容瞬間僵住，眼鏡後頭的眼神帶著困惑。看到他的表情，竜兒懂了，他並不是忘記提出申請。

北村還在猶豫。

這傢伙到底在搞什麼？竜兒差點想要抱住頭放聲吶喊。他在千鈞一髮之際吞下抱怨，忍住一下子湧上來的疲倦，盡可能保持冷靜。自己在這裡不耐煩也不是辦法，而且強迫他參選也沒意義。並不是說北村參選才是對的，逼他參選也無法化解北村複雜的心情。

參不參選學生會長的答案無關對錯，無論北村做出什麼決定，都是自己的選擇。沒有哪個答案是對的，哪個答案是錯的。在報名截止時間快到之前，問自己應該選哪個答案，這是個人意志問題。要叛逆來宣示自己很煩惱，當然不能由其他人為自己下決定——竜兒終於了解這一點。北村自己早就明白，因此才會花了這麼長的時間不斷猶豫，循著心中的線索，焦急想要找出答案。

只是時間真的不夠了。

「單身說了，要在四點之前提出申請。」

看向時鐘，時針指著三點四十分。還有二十分鐘。

「你有什麼打算？真的決定這樣……」

竜兒不想多事。雖然不想多事，還是——

「回家吧，高須。」

「啥？」

太過乾脆的回答，讓竜兒無話可說。

「我們兩個多餘的人一起回家吧。」

判斷錯誤。北村不是猶豫，而是已經決定不參選。

「回、回家……大家都相信你會出來選，這樣好嗎？你是說真的嗎？」

「我改變心意了。考慮了一整天，最後決定還是算了。」

「你、你還有二十分鐘可以考慮！」

「不了，我已經不想再想，不用再和我說同樣的話。好了，快點收拾書包，我等你。」

「北村……」

竜兒沒有辦法多說什麼，北村自己已經做了選擇。既然這樣，說再多也是無濟於事。

他在北村的催促下收拾東西、背起包包，想起圍巾早上就被大河搶走了。打開教室門準備走出走廊。來到這裡，竜兒有點替北村感到慌張。這樣真的好嗎？這樣就可以了嗎？

他知道慌張也沒用，好不好都是北村自己的判斷，竜兒怎麼想也不會懂。另一方面，北村的表現卻是……

「好久沒和高須兩個人一起回家了。因為我參加學生會還有社團活動……好像只有一年級才會像這樣一起回家吧？」

太過若無其事了。

「喔，是嗎……這樣啊……」

「我們去哪裡慶祝一下吧？亞美他們在站前大樓，所以要避開……去須藤吧如何？鬆餅咖啡廳感覺很娘，我實在沒什麼興趣。」

看著北村大步前進的背影，竜兒終於吐出糾結的氣息——我放棄了。

對，竜兒真的想看到北村成為學生會長，想看到好朋友在學生會裡如魚得水，發揮魔鬼教練的精神。一定很適合！他一定能成為了不起的學生會長！可是北村選了另一個選項。竜兒無法從這個選項看到接下去的故事，還有北村的未來，又無法不去看，所以……他決定和他一起走、一起看未來，在北村選擇的人生裡，繼續扮演好朋友的角色。

好！竜兒小跑步追上，兩個男生有點噁心地並肩走在一起：

「是啊，男人就是要選須藤吧。我要點黑咖啡和辣醬熱狗堡。」

「不愧是高須，這個選擇真是成熟。我也要咖啡，還有肉桂吐司……不，太娘了。我點起司吐司好了。」

「選得好。男人怎麼可以在放學後吃什麼鮮奶油呢？」

「沒錯沒錯，咖啡也不可以加奶泡！」

「不加不加！一邊看著須藤吧那位大叔老闆奇怪的臉，一邊喝黑咖啡！」

「須藤大叔是嗎？我要看體育報！」

「啊，我也要！」

竜兒與北村以奇怪的模樣高舉手臂，步調一致走出教室。邊說著無聊事邊走在走廊上時，竜兒心想——

凡事天註定。

這麼說絕對不是自暴自棄，只是認清事實。

事物會變成怎樣都是天命。不管怎麼想、怎麼煩惱，最後只能繼續往前走，以自己的眼睛確認到達哪裡。一步一步的選擇變成「結果」。抵達這個「結果」之後，又必須進行選擇，所以「結果」變成「中繼點」。前方的每個目標都是自己的選擇，只有繼續前進。

所以人才會猶豫。在所有的選項前面，都可能失去勇氣、想要逃避，因為什麼藉口都派不上用場。無論漫長的旅途有多危險，或是自認比其他人吃虧，都是自己的選擇，都是自己走出來的路。就算這條路很難走，也無法重來、無法怪罪他人。不管有多麼不滿，走在路上的永遠只有自己一個人，沒有別人能夠代替自己。

「啊……久違的夕陽真美。」

「嗯……」

然後是相信。

北村既然決定好要走的路，最後抵達的地方也一定「很北村」。北村就是這樣開拓唯一的路，無關對錯。

染成橘色的走廊耀眼到讓北村瞇起眼睛，看向窗外。停下腳步恐怕是因為夕陽太美。

「對了……已經一年以上沒有和你兩個人一起回家，想到這點真的很驚訝。有部分原因是社團活動，更大的原因是學生會每天都有活動。」

「記得是在五月班上的巴士旅行時，我們剛好坐在隔壁，因此聊了起來。之後沒多久你就加入學生會了。」

「沒錯沒錯，好懷念啊……對了，五月之前我們還沒說過話呢。因為你總是可憐兮兮提防旁人。」

「當然要提防啊！入學典禮那天，就已經聽到有人說我是累犯。你還不是相信那些八卦，才和我保持距離？」

「不是，怎麼可能，你誤會了。入學後我馬上迷上其他事，不在意班上同學……啊，原來如此，我沒告訴你當時的事吧？原以為已經不會再提起……」

在夕陽的照耀下，北村突然面對布告欄。

布告欄上貼著整排漆黑又不吉利，大河的選舉海報。北村輕輕拿下固定其中一張海報的圖釘，救出下面的一張紙，紙上只用充滿男子氣概的漂亮字跡寫著：「不准奔跑。學生會」北村把海報釘回原位，把「不准奔跑」重新貼在旁邊。

竜兒看著北村的動作，聽他繼續往下說：

「剛進這所高中時，我非常有幹勁，希望自己上了高中能夠有所不同。我的國中生活過得不是很開心，所以當自己進入嶄新的世界，我就決定要開開心心度過。」

「喔……」

「講到快樂的高中生活，一定少不了女朋友吧？當時聽說其他班上有個超級美少女，來自知名的私立女中，似乎還是有錢人家的大小姐。很在意的我特地跑去看……然後就一見鍾情了。怎麼會這麼可愛……如果能夠認識那麼可愛的女生，我的人生一定也會變成薔薇色。可是看到告白的傢伙整排哭著回來，聽說不是遭到痛罵一頓，要不就是遭受暴力威脅，讓男人尊嚴掃地。啊，知道我在說誰嗎？」

「嗯……繼續繼續。」

竜兒沒告訴北村他早就知道了，只是隱藏表情，回望北村反射橘光的眼鏡細框。

「我很期待，不曉得那位美少女會給我什麼回應，無法想像，好想知道。於是某天，我到逢坂的——啊！我講出來了。算了。對，我到逢坂班上把她找出來，確定樓梯轉角沒人之後，坦白告訴她：『妳好漂亮！』結果逢坂大叫：『噁心死了！』同時送上一記漂亮的左直拳，在碰到鼻尖前一公釐的地方停住，一陣拳風吹過來……我從出生以來第一次遇到這種女生，真的很感動，所以雖然跌坐地上，又馬上站起來直接表白：『太好了！我就是喜歡妳的直接！』然後這樣伸出手。結果逢坂以為我要襲擊她，毫不猶豫地喊著：『給我去死！變態！』這回是右鉤拳，而且沒有停下來，直接近距離瞄準我肋骨下面的內臟。這樣一來我當然站不起來，只能癱坐在樓梯，聽著逢坂遠去的腳步聲。」

「真是亂來……話說回來，你還真可憐……」

「對啊，真的很可憐，而且很痛，還被討厭了。啊，薔薇色的高中生活離我遠去……正在低潮時，有人從樓梯陰影現身，那個人就是狩野堇。『我全都看到了。一年級的，被甩了嗎？別擔心，你的高中生活才剛開始。加入學生會！每天都有忙不完的無趣事務工作！忙碌會讓你重新振作！』——當我回過神時，已經被帶到學生會辦公室。其實那是我們學生會慣用的手法，因為每年都缺人來處理總務工作，所以會特別去找些感覺無趣的一年級新生，讓他們上鉤。我就是其中一個。」

我們學生會——北村沒注意到自己的話，視線望著夕陽的天空：

「上鉤、進入學生會，然後……一直到現在。我和逢坂成了朋友，渴望的薔薇色夢想也成為現實，一起吃午餐、一起到海邊過夜、校慶時一起跳舞……對了，逢坂也說過喜歡我。不過，她最想告訴我的其實不是喜歡我——」

北村微笑看著竜兒：

「——算了，這不是我該說的事。總之我很快樂，真的每天都很快樂，雖然沒有女朋友，我現在的學校生活仍然是薔薇色。會長出聲叫我、抓住我的手臂拖著我走的時候，我用不穩腳步踏出的『第一步』果然沒有白費。從那裡、那一步開始，啟動所有開心的事。我是真心這麼想，然而……」

北村突然吞吞吐吐，笑容像被風吹散般消失。

不是不走，是走不動——僵立的雙腳如此表示。即使決定放棄參選、和竜兒一起回家，仍舊前進不了。

明明選了其中一個選項，卻無法前進下一個目的地。

接下來的話或許是自言自語：

「我不討厭當學生會長，只是不想和會長道別。可是不管我多麼不願意、再怎麼耍脾氣，時間仍然不會停止，現實也不會改變。結果……我沒有辦法決定要不要當學生會長。其實……其實我真的只想逃避，無法接受會長不在的事實，我想逃進會長不會離開的世界……可是，那種世界並不存在。」

竜兒凝視低著頭的好朋友髮旋，一句話也沒說，繼續站在呆立不動的好友身邊。

「沒有地方可躲，只能在現實世界繼續前進。為此我必須承認現實，然後繼續前進。這些我都知道，可是即使如此，我怎樣也……踏不出下一步。我的雙腿發軟、百般不願意、動彈不得、難以接受接下來的現實。那並不是我的希望。我雖然知道必須向前，可是我不想跨步，甚至想讓時間停下來……我滿腦子只想著這些……這些蠢事……」

夕陽的光芒讓眼睛深處有些疼痛。

北村說完之後就陷入沉默，無力地坐在地上。

可以告訴他不要緊嗎？竜兒也不曉得該說什麼。不要緊，總有一天失戀的痛苦會消失。說這種不愉快的話真的好嗎？或者我該說，也許有一天大哥會注意到你的好而回頭？

——不對，絕對不對。

清楚自己必須踏入現實世界，兩腿還是動不了。如此自責的傢伙，需要的不是安慰也不是打氣的話，此時的他需要的不是這些——

「喔……！」

竜兒嚇得驚叫出聲。

坐在地上的北村背後，延伸一道長長的影子。影子像是緊抱北村的身體一般包圍過來，可是來者絕對不會露出甜美笑容。

看到竜兒，對方只是輕輕挑眉——真是傷腦筋的傢伙啊。

「喲，蠢蛋。」

「……！」

北村的肩膀抖了一下。

他無法回頭，只能像個孩子一般拱起毫無防備的背，對著自己心儀的女生。

「我正打算找些滿臉無趣的傢伙，所以來到這裡。你有沒有什麼人選啊？副會長突然失蹤，累積了不少工作，真是沒辦法啊。」

「……沒有。而且我現在的表情很有趣。」

「沒救了，連說出口的話都很無趣。」

「……真是抱歉。」

「覺得抱歉的話，就快點把你的臭腳踏在哪裡都好！有那個閒工夫去想些無聊事，就先跨出一步啊！」

咚！狩野堇彷彿是在示範，在北村的屁股後面踏響腳步。北村的肩膀再度因為害怕那陣聲音與氣勢而發抖。

「還是說你這個王八蛋打算在這個時間點，拋棄那些相信北村祐作，打算跟隨你的小鬼？你是會做出這種事的男人嗎？啊？過去兩年對你來說這麼不重要嗎？真的已經不需要了？你的心情——你的腳抬起來了嗎？為了踏出下一步而抬起嗎？舉起的腳打算踏向何處？

不是前面嗎？打算踏往旁邊或後面，加以逃避嗎？你要走的路，不是朝著前面嗎？啥？你打算一輩子保持沒出息的樣子，苦思讓時間停止或逃避現實的方法嗎？你是笨蛋嗎？」

堇以恐怖駭人的低沉聲音一口氣把話說完。竜兒聽得很清楚，北村也一定聽到了。

堇要說的只有一句話，短短的一句話——

「你想踏出腳步吧！想踏出那一步所以猶豫吧？沒有那種打算的傢伙，根本打一開始就不會去煩惱要不要前進或該怎麼做！正因為看得到前進的方向，才會感到害怕！你應該是最清楚的！你的心中早已下定決心！總之踏下去就是了！不然你還想怎樣！」

上啊！

上啊！上啊！上啊！前進！快走！快跑！

走上北村祐作該走的路！

不准停在這種地方！

上啊！

狩野堇這麼大喊。

「我會看著你，看你會成為什麼樣的學生會長，如何帶領這間學校的傢伙。無論距離多遠都會看著你。不准偷懶，沒有哪個傢伙能夠逃過我這雙無法測定視力的眼睛，聽到了沒有！」

「噫……」

突然一個巴掌拍上北村的背——一張紙和手一起拍在背上，上面寫著「學生會長選舉參選申請書」。

原來如此——竜兒心想。

一個怯生生猶豫該不該踏出腳步的傢伙，最需要的不是支撐也不是安慰，而是推著他的背、要他前進的聲音，以及強力到有點痛，但是能夠送他前進的力量。這樣一來，自己就有勇氣奮力站起來。

「就是這樣。」

狩野菫以男子漢的模樣揚起嘴角微笑，同時對竜兒揮手。她沒有回頭，只是大步往前走，以一如往常的大哥走法，毫不猶豫地離開。

傍晚的陽光仍然刺眼，讓人睜不開眼的橘色光線四散飛舞。大哥的背影沐浴在強光之中，一下子就消失不見。

即使如此。

「啊……真是……該怎麼說……現在幾點？」

「三點五十八分。」

「不愧是會長，總是會在最關鍵的時刻現身，果然是超級巨星。」

手拿著堇給他的紙，北村終於站起來了。
他用和某個夜裡同樣的姿勢抬頭看向天空，拿下眼鏡，粗魯揉過眼睛，撥弄瀏海：
「抱歉，我突然有點急事，看來沒辦法去須藤吧了。」
再度將眼鏡戴上。
北村祐作——和平常沒兩樣的死黨，露出了和平常沒兩樣的老實笑容站在那裡。
「喔、真是可惜。沒辦法了，那就改天吧。」
「是啊，改天一定要去。」
想做就會實現，果然沒錯。竜兒也笑著看向北村的笑臉。我早就知道這傢伙最後一定會這樣——擺明是馬後砲的說法。啊～對了，一開始我就知道會這樣。
堇離去之後的走廊，這回換成北村以有些焦急但是堅決的腳步快步走開。他要一個人前往教職員室吧？單身現在應該正在焦慮不安地等待北村。
加油！竜兒小聲說道，走向與北村相反的方向。背對著他，一個人踏出腳步——太過小題大作了，他只是單純想要回家。
每個人各自選擇自己不同的路，下定決心之後邁步前進。
這樣就好，就算這樣也不會孤單。
每個人都有必須前往的地方，每個人都是一個人前進。自己選擇、決定，並且開拓一條道路。偶爾遇到十字路口，偶爾有人並肩同行，然後道別，或許某天還會再見，也可能不會再相見。

那天晚上看到的獵戶座，還有那些星星，都會在每個人的頭上閃耀。看不見的時候，看得見的時候，都永不改變地待在那裡。一定有什麼東西是確實存在的。

迷路的時候、無力站起的時候、覺得走不動的時候——每個人的道路前方都有這些情況在等待吧。竜兒在這種時候會抬頭仰望天空。

抬頭看著遠處的星光，想著某人也在某處看著同一顆星星。無論距離多遙遠，即使遠到無法立刻飛奔到身邊，只要相信抬頭看到的星星是同一顆，相信就會成為力量。

然後夜晚會結束，早晨會到來。看不見星星的早晨，天空藍得像是冰的顏色。冰冷的寒風吹開雲朵，今天是寒冷晴朗的早上。

＊＊＊

「好……冷……！為什麼冬天的體育館，裡面感覺比外面還冷？」

「不，裡面雖然很冷，但是真的去外面試試，絕對會比裡面冷……唔喔喔喔……」與能登一起冷到發抖，竜兒忍不住擺出內八字，駝背縮著身體，兩手插在口袋裡拚命張握，手指幾乎快要凍僵。

全校的課外活動時間將舉行學生會長選舉。在學生聚集的體育館裡處處傳出「冷冷冷冷冷冷冷！」的發抖聲音，所有人在體育館的冷空氣裡發抖，女孩子也聚在一起取暖。「真好，不過臭男生就免了！」竜兒忍不住想要這麼說。光是想到嘴裡說著好冷、手臂交纏、長滿青春痘的臉靠近……光想到這裡就讓人背後的寒意更深。

總而言之，今天真的很冷。好冷又好吵，還讓我們繼續站著，怎麼不趕快開始——冷到發抖的學生當然不可能有什麼熱烈反應。讓大家坐下，又會冷到屁股痛。不過夏天的體育館也有夏天的問題，熱到好像三溫暖。反正在體育館辦活動準沒什麼好事。

即使如此，二年C班的同學還是在這裡繼續發抖，沒人打算蹺課，全都乖乖看著舞台。

「啊唔唔唔唔唔唔唔唔唔唔唔唔……哈嗚嗚嗚嗚嗚嗚嗚嗚嗚嗚嗚……」

大河今天也搶走竜兒的圍巾，把圍巾拉到鼻子，發出不似人類的低沉呻吟，幾乎變成蒙面怪人。和大河緊緊貼在一起，手腳靠在一起的実乃梨，裙子與外套下面也全副武裝穿上運動服，全身上下鼓起來。麻耶和奈奈子則是將身上毛衣的下擺盡量往下拉，無論如何也要努力保暖。亞美把手伸進外套口袋裡拚命搓揉什麼東西——八成是暖暖包吧?做作女面具也忘了戴，皺著眉頭耐住寒冷。

二年C班的同學仰望舞台上的一名男生。

重新染回黑色的西瓜皮頭髮光亮閃耀，充滿丸尾的風格。眼鏡擦得閃閃發光，緊閉的嘴唇看來也很可靠。嘴邊雖然留有可憐的傷痕，北村仍然以明亮的眼神站在那裡。

清爽的臉已經決定面對現實，接受伴隨而來的傷痛。

「嗯。嗯……麥克風……哇啊！電源已經開了嗎？讓各位久等了。」

由學生會一年級男生擔任的司儀終於登場。「慢死了！」「很冷耶！」處處發出不講理的奚落聲。不過其中也有一群帶著異常狂熱氣氛用力鼓掌的怪傢伙，竜兒也是其中一人。二年C班同學的認真，讓冰冷的體育館多了幾分熱氣。

「即將進行新任學生會長選舉。候選人只有一名，二年C班的學生副會長北村祐作。」

嘿咻！聽到班上同學熱情到難以忍受的歡呼聲，「免了免了……」苦笑的北村揮揮手。舞台下和狩野菫在一起的學生會成員，也露出莫名開心的微笑。

「接下來請北村學長上台發表選舉政見！」

「是！」

北村筆直舉起手回應，朝向麥克風走去，熟練地調整偏低的麥克風架。

「丸尾！加油！」

「北村！謝謝你從掌中老虎手中拯救學校！」

北村笑著頷首回應四起的聲援，看來相當值得依靠。這位意氣風發的二年級學生，認真端正的長相也十分眩目。不清楚他是不是故意隱藏曾經叛逆的痕跡，總之此刻的北村相當能夠依靠。

竜兒凍僵的手像個少女似的在胸前合十。很好，北村。竜兒的胸口發燙，看來他已經為離別做好心理準備了。北村的視線沒有絲毫猶豫與憂愁，他早已捨棄那些，決定往前走。這就是這個男人的魄力。

「各位好，我是北村祐作，我——」

北村的右手握著麥克風。

上啊！竜兒以強烈的意念推著他。

班上同學、學生會的成員、狩野堇、期待北村出馬競選的學生，一定都和竜兒一樣屏息以待。上啊！說些精彩的內容，讓大家期待接下來開朗快樂的學校生活，讓大家相信你就是最適合的會長人選，告訴大家北村祐作有能力擔任會長！

「我！」

北村抬起頭張開嘴巴，肺部吸滿空氣，然後對著全校學生……不是——

「會長！我！喜歡妳——————！」

對著台下的一名女性用力大喊：

「我現在能夠站在這裡，都是因為喜歡妳的緣故！我知道現在的我配不上妳！也知道必須忘記即將遠行的妳！可是我無論如何都想要告訴妳！妳的聲音、妳所說的話總是激勵我！所以我想問清楚！會長……對我有沒有任何想法？我一直相信一定有什麼！所以現在，理應放棄不可的現在，我還是無法就此放棄！拜託妳！請妳、請妳請妳請妳告訴我！我完全沒有希望嗎？我和會長之間，真的、真的沒有特別的緣分嗎！」

大聲喊完之後，北村用通紅的臉對著堇鞠躬。

竜兒的腦袋一片空白。

全體學生也是驚訝地張開嘴巴。

不只學生，就連教職員也一樣。單身也是、春田也是，所有人都愕然地睜大眼睛，在腦中重播剛才的畫面。突如其來的告白沒有人來得及反應。是的，沒有人——就連大河也是一樣。竜兒看著站在前方的大河背影——大河好像結凍般一動也不動，無從窺知她的表情。四周逐漸喧鬧起來，大河還是動彈不得。

「告白……？」

「剛才是……告白吧？」

「什麼、什麼、怎麼回事？對大哥告白？」

吵鬧聲中逐漸滲入興奮的色彩。緊咬牙根的北村，臉頰上的紅潮也愈來愈紅。但在此時此刻，竜兒仍然無法動彈。

北村終於踩下猶豫的腳步，他選擇的選項，不是竜兒原本以為的「參選」，而是「改變難以接受的現實」。

想靠自己的力量改變，原本那麼討厭、害怕的「選項」，這就是他最後的垂死掙扎。不是逃避現實，也不只是接受現實，北村祐作這個男人選擇與現實對抗。

會怎麼樣呢？未來會有什麼改變？

「大哥，回答回答——！」

「是啊，讓我們聽聽嘛！」

「麥克風傳過來，這邊！」

興味盎然想要看熱鬧的傢伙，不曉得什麼時候奪走發愣的學生會成員手中的麥克風，模仿狗仔隊把麥克風湊到堇的嘴邊。

堇抬頭看向舞台上的北村，兩個人四目相對。北村連耳朵都染成一片通紅，不過堇的臉色沒有任何改變。她和往常一樣挑起眉毛，彷彿聽到什麼好笑的事——

「……聽起來是這麼回事。」
以淡然的態度用麥克風回答。
堇的視線離開北村，面對氣氛熱烈的學生聳聳肩，同時露出笑容說道：
「如何？這位就是副會長北村祐作，很有趣吧？有這麼有趣的傢伙當會長，一定能夠讓這所學校更加有趣。還請各位務必將寶貴的一票，投給這麼有趣的傢伙！」
漂亮的收尾甚至贏得全校鼓掌，北村的告白有如塵埃掩沒在吵雜的聲浪之中，體育館裡一片爆笑——「我要投給那個傢伙！」「我也要我也要！」沒有競爭對手的北村，得票數大幅增加。
啊——
北村故意以誇張的動作抱頭仰望天邊。在全校學生面前告白，卻被巧妙轉為助選演說，看來應該是被甩了——落得這樣的下場，北村可憐兮兮地靠著麥克風架、低著頭，漂亮結束彷彿事先說好的劇本橋段。
北村的單戀粉碎殆盡。
什麼也沒剩下，消失得乾乾淨淨。
北村試著改變現實，但是失敗了。
抱著麥克風架低著頭的男人肩膀，此刻因為淚水而開始顫抖。注意到這點的人除了竜兒之外，應該還有其他人……或許。

在騷動中若無其事在舞台下待命的春田，摟著北村的肩膀走下舞台。能登也在階梯下等待，搭著北村的肩膀，幫忙遮蔽旁人的視線。北村仍然抬不起頭，大河也同樣動不了。

「之後的投票，將在各班教室以規定用紙……」竜兒沒有打算聽完說明，一心想著自己該做的事。

自己能夠為同一顆星星下受傷的好朋友做些什麼？竜兒在心中描繪一幅幻影星空，同時緊繃一張臉。

＊＊＊

「狩野學姊！」

回教室的走廊與樓梯都很擁擠，處處人潮堵塞。即使如此，竜兒仍然拚命追著某位女性的背影，來到平常不會上來的最高樓層——三年級學生往來穿梭的三年級教室走廊。

聽到竜兒的聲音，走在一群同班同學之中正要進教室的堇回過頭。看到竜兒的臉，她舉起一隻手。

「怎麼了?狩野，又有人要告白嗎?」

「少囉唆——安靜回教室，我去去就來。」

堇以一如往常的男子漢笑容，回應同學的輕佻玩笑，隨後走近竜兒。但是她制止竜兒開口，並且說了一聲：

「這裡有點吵，聽不清楚。跟我來。」

竜兒跟著她來到通往屋頂的樓梯轉角。雖然還是聽得到三年級學生的吵鬧聲，至少比走廊上更能夠聽清楚彼此的聲音。

「嗯?高須，有什麼事嗎?」

「為什麼妳不肯好好回答?」

竜兒以強硬的眼光瞪著堇，不過堇依然穩穩站立，以王者的悠哉態度等待竜兒說下去。連竜兒的視線都對她無可奈何，即使如此竜兒仍舊面對她：

「為什麼妳要逃避?妳昨天不是對北村說，要他踏下腳步向前走?說那些話的人，不正是學姊嗎?為什麼說得這麼冠冕堂皇，自己卻若無其事逃跑?」

沒有人規定他們一定要相愛，如果真的不喜歡也沒辦法——問題不在這裡，竜兒無法原諒堇對於直奔而來的對象，不接受也不拒絕，只是一個人俐落閃開，選擇逃走、置身事外、自己站在安全範圍望著對方摔倒。

比任何人都要用力推北村的背、叫他前進、否定停下腳步的行為、不接受逃避、給予北村前進的勇氣——這些事不都是堇的所作所為嗎？

「我只有叫他參選，沒有叫他告白。你不也聽到了？」

「還說這種話……又打算逃避嗎……？」

「逃避有什麼不對？直來直往的人的確很好，旁觀者看得也很高興。可是只知道老實前進的傢伙就叫笨拙，北村最好能夠聰明一點，多學著臨機應變。你也一樣。」

「妳說聰明……是要像妳這樣嗎！」

竜兒的咬牙切齒卻只換來堇一個淺笑帶過：

「是啊。像我一樣聰明、靈巧、該逃的時候就逃。這樣沒錯，以此為目標多學著點……差別就在這裡。」

好像在開玩笑的堇指著自己的腦袋，美麗端正的臉蛋保持悠哉的笑容。竜兒無法回應，就連想反駁也做不到。做不到並不是因為堇所言不虛，而是竜兒沒有多餘的時間冷靜思考。可是他不甘心。她對北村、對竜兒的冷笑，竜兒不甘心到了極點，卻又無能為力。

不是每個人都像妳一樣啊！

妳也不是擁有一切吧？

仰望天空、吞下流出的淚水，只有星光是確實存在，即使如此仍然在地面拚命往前走——即將搭乘上天給予的火箭，輕鬆飛向宇宙的人當然不了解這些傢伙的痛苦。

可是竜兒說不出口。到今天為止發生的所有事，自己與朋友——大河、北村、所有人身上發生的許多事，全都哽在喉嚨裡。如果自己有力量吐出來就好了，但是自己卻沒有這種力量。竜兒對於一切都不甘心，樣子就像被枷鎖所困的動物，只能對著虛空咬牙切齒。

看到竜兒的模樣，堇稍微緩和深鎖的眉間：

「真是好朋友，特別是你，高須竜兒。真想多認識你一點，可惜已經沒有時間，再見了。今後也要和北村好好相處，不要讓他再被我這種聰明的『毒蛇』利用……就這樣。」

只有這樣。

堇靜靜露出悟透一切的眼神，不在意竜兒的瞪視，輕輕聳肩轉身，毫不猶豫地背對竜兒，隨口道別之後離開。竜兒一時沒注意到自己被人拋下，只是茫然目送她離去。

不行——

還沒準備好要反駁的話，竜兒已經不自覺追上堇。怎麼可以就這麼珍重再見？漂亮拉攏，然後精彩道別，我怎麼能夠讓妳稱心如意？竜兒心想，堇讓一切全都按照自己的計畫進行，然後拋棄，在新世界再度編織以堇為中心的全新故事——那麼該怎麼處理過去世界裡「路人甲」的半吊子思念？難道只要不去看、只要遺忘，就可以不再有任何瓜葛？

怎麼可以讓妳那麼做！

「……！」

竜兒專心追趕進入教室的背影，腹部突然撞上什麼溫暖東西。低頭看著胸部附近，只見淡色的頭髮與髮旋——那傢伙撞上竜兒的身體，還順勢往前推，要把竜兒推到反方向。

「大……大河……！」

她一點一點把竜兒推回剛才的樓梯轉角，接著用雙手把竜兒推開、壓在牆上。大河抬起頭，雙手將竜兒的身體釘在牆上，岔開雙腿用力站住。竜兒想要拉開異常強力的手臂，可是手被揮開，兩人之間一陣沉默。

「大河！為什麼阻止我？我是為了北村——」

「北村同學在哭。你去陪他。竜兒，拜託你，待在北村同學身邊。」

「大……」

大河抬起頭。竜兒心想她是不是在哭，對北村長久以來的單戀與心碎的瞬間——親眼目睹一切的大河才應該要哭吧？

「我不行，我沒辦法待在他身邊。」

可是大河的雙眼、零距離仰望竜兒的兩顆眼珠裡沒有溼氣，沒有搖曳的銀色光芒。明白一切的搖曳沒有疑惑，只是不逃避地盯著竜兒。

「這樣真的好嗎？變成這樣也無所謂？」

「我沒事，不要緊。」

大河有點乾澀的嘴唇上，浮現有如柔軟花瓣的笑容。接著她把脖子上竜兒的圍巾拿下來，和那天晚上一樣踮起腳尖，圍在所有者的脖子上。從正面繞了兩圈，在下巴處打個難看的結，然後拍了一下‥

「我不要緊……你快去北村同學身邊。用跑的、直直走、別回頭。」

「妳怎麼辦？妳一個人要怎麼辦？」

「我一個人沒關係，馬上就過去。你快去，拜託你。」

大河冰冷的手突然抓住竜兒的雙手轉圈，彷彿在補償營火晚會那天晚上沒有跳的華爾茲，藉著體重拉扯原地轉了一圈。

「快去。」

竜兒有點在意大河背後圓圓鼓起的東西，可是還來不及確認，背部已經被大河的雙手用力往前推。「快跑！別回頭！」竜兒雖然猶豫，還是跨出腳步奔跑，跑向徹底挑戰失敗而哭泣的好朋友身邊。

送走竜兒，望著跑遠的背影消失之後，大河才閉上眼睛。

我喜歡北村。經歷了憧憬期、意識過度期，遇過沒人知道的混亂之後，現在還是喜歡他。即使他喜歡其他女生，我的心意仍然不會改變。

北村是當我知道「自己想要的東西絕對得不到」這個宇宙法則，並且無能為力停下腳步時，握住我空虛雙手的人。他以滲透心靈的溫柔聲音呼喚我的名字、選擇我、告訴我「現在最想和逢坂在一起」。

多麼溫柔的人，怎麼謝也謝不完——大河緩緩睜開眼睛，走廊上已空無一人。學生早已進入教室，在沒有老師的狀況下，吵吵鬧鬧進行一年一度的投票。

她希望自己也能像北村一樣，可是卻辦不到，她沒辦法待在他的身邊。應該在他身邊的不是她，他想要的不是她——知道這一點之後，大河沒辦法和他在一起。她害怕受傷，因此無法繼續待在他身邊承受事實。這是她的軟弱，軟弱到不值一提。

可是不管再怎麼軟弱，她還是想做自己能做的事，就像北村對待她的方式——即使不能握住他冰冷的手，即使兩人的距離其實比想像還要遙遠。

到目前為止，大河給北村的東西是失敗的燒焦荷包蛋，還有打出全壘打拿到的怪玩偶。

還有現在——

大河的右手緩緩伸向脖子後面，握住突出制服領緣、藏在頭髮裡的危險物品，從背後抽出那把竜兒沒注意的木刀。這樣做是錯的吧？也許是錯的，可是大河不知道。

她只知道踏出的腳步停不下來。

已經停不下來了。

全身毛髮倒豎的憤怒、滾燙到快要爆發的憤怒已經吃掉她的軟弱，化為營養之後成長茁壯。緊咬的臉頰內側滲出鐵的味道，紊亂的呼吸讓鼻孔難看擴大，眉頭皺到覺得痛，還是無法停止。大河本人也拿這股純粹到眩目的怒意沒轍。沒有痛扁那個饒不了的傢伙之前，憤怒絕對無法消失。在膨脹的憤怒全部消化之前，快點到達那邊！大河命令雙腳加快腳步。不要摔倒，送我到那個女人身邊。

站在門前，毫不猶豫地以可能打破門的氣勢推開。磅！門發出驚人的聲音，裡面的學長姊全部睜大眼睛看著大河。

「狩野……堇——————！」

吼叫聲中混雜血腥味。「掌中老虎？」「她怎麼來了！」大河對著喧鬧起身的傢伙放聲怒吼：

「我來扁人——————！狩野堇，給我出來——————！」

木刀一揮就打翻桌子，響起某人的慘叫。數名沒見過的傢伙連忙逃離，只有大河四周空出一圈。大河還是不停手，在她現身之前決不停手。

「喔，真糟糕……還有剩下的。又來一個大笨蛋。」

「我要殺了妳！妳傷害我的朋友！妳這個卑鄙傢伙！我絕對……饒不了妳！」

那傢伙緩步走進大河挖出來的圓圈。大河用力揮下木刀，向在場眾人表示誰妨礙就殺誰，刀尖直指堇的鼻尖：

「我絕對饒不了妳。就算妳逃避，我也會追妳追到天涯海角，絕對不會放過妳。」

「別擔心，誰說要逃了？好，我就陪妳打。」

竹刀！堇喊了一聲，圍觀的某位三年級學生立刻拋出一把裝在袋子裡的竹刀，在空中形成拋物線。堇單手接過竹刀，熟練解開袋上的繩子：

「逃避也是一種智慧。在該逃的時候逃走，我認為很正確。只要我想逃走，就沒人攔得住。不過今天特別優待，就讓我來當妳的對手。逢坂大河……讓我好好修正妳的愚蠢、好好教訓妳一番。我剛好為這個世上怎麼這麼多笨蛋感到不耐煩。妳來得正好。」

「嘖！」

對看不起自己的女人，不需要手下留情！大河順勢將刀尖刺向前方。堇往一旁跳開，視線和大河對上：

「可惜我不但腦袋聰明、長相過得去，運動神經也很棒。還有劍道與合氣道的段位。」

那真是可喜可賀——大河笑了。正合我意，原本還在擔心馬上就會結束，看來可以好好享受一番了。

＊＊＊

教室的門突然用力打開，二年C班全體嚇得看向門口——寡言低頭的北村、占領隔壁的座位幫他打氣的竜兒、能登、春田，把事情交給男生處理，自己待在遠處觀望的麻耶與奈奈子、準備去廁所尋找死黨的実乃梨，還有亞美。

「不良少年高須在哪裡？快來幫忙想辦法！」

「咦？」

幾名氣喘吁吁的高年級學長姊站在門口。找到竜兒之後立刻飛奔進來，硬是抓住竜兒的手臂將他拖走。

「咦、咦、呃、咦？到底怎麼了？」

「你的伙伴掌中老虎跑來我們班上找狩野單挑！現在整個亂七八糟！」

啥？我不懂，你再說一遍——腦中雖然這麼想，但是身體早就跳起來。不需要學長姊拉扯，竜兒已經飛奔出去。

「喔，我們也去！」

「高須一個人哪擋得住！」

「真是的，老虎怎麼搞的！」

竜兒沒看見班上同學一起出動的模樣，只是一面大喊：「那笨蛋搞什麼啊！」一面奔上樓梯。不用找也知道教室在哪裡。只要聽見眾多的慘叫聲，還有看到一群不曉得是從教室逃出來還是來看熱鬧的傢伙——

「讓開！借過一下！讓路！大河！」

哇喔！高須參戰！不曉得是誰在亂叫。竜兒推開那傢伙，抵達正在展開對決的戰場。桌椅四散，在散落滿地的教材與物品中央——

「妳、妳這個大笨蛋————！」

堇拿著竹刀從大河的正上方往下揮，打飛了木刀。大河冷靜放棄手中武器，瞬間接近堇的喉嚨，握起空下來的雙手：

「笨蛋笨蛋笨蛋笨蛋的，妳這傢伙從剛才開始就吵死人了！」

「咕！」

堇的下巴挨了一拳，順勢往斜上方飛去。等到下巴轉回來時——

「喲！」

大河又補上一擊，這次下巴往反方向轉了一圈。喀啦！雙腿無力的堇放下竹刀，身體搖搖晃晃就快倒下。可是毫不留情的大河蹲低身子，準備趁機來個猛攻。

「喝啊——！」

「哇啊！」

大河的外套衣襟被一雙手抓住。這一刻簡直就像魔術，大河嬌小的身體被董一踹，輕飄飄在空中翻轉，直接落下撞擊地面。董壓在大河身上準備讀秒，只是臉上早已被鼻血染紅。大河縮起身子不讓她得逞，臉上同樣滿是鮮血。鮮血讓兩人的手溼滑，這回是大河比較有利。她從底下抓住董滑開的手，發出野獸般的吼叫逆轉情勢，接著壓到董的身上、抓住她的頭髮、舉起拳頭。

「別這樣……住手！不要這樣！住手——！」

喊叫的人是実乃梨。竜兒也衝上去阻止什麼也沒多想就準備介入兩人之間的実乃梨。如果連她也被捲進去，竜兒將更加不知如何是好。

「攔住櫛枝！」

竜兒朝著抱住快摔倒的実乃梨的人大叫，然後直接奔向大河。

「唔哇啊啊啊啊啊啊啊啊啊啊！」

他從背後拚命抱住大河狂吼顫抖的身體，使盡全力用手壓住她的手臂。可是大河已經搞不清楚那是誰的手，一邊尖叫一邊掙扎揮開。董立刻趁機用膝蓋撞擊大河的腹部，雖然知道大河被竜兒壓制，仍然毫不留情地打了大河的臉幾下——這下變成竜兒必須護住大河的臉。他邊叫住手，邊抱著大河滾倒在地。大河在竜兒懷中掙扎想要起身，至於堇拉扯立領學生服的手，已經沒有任何學生會會長的理性。

有人抓住堇的手臂——幾個人趁機全力抓住堇的身體、將她拖開。

「放開——！我要好好教訓這隻混帳笨蛋老虎——！」

堇的叫聲刺痛竜兒的耳朵。

「妳說啥！教訓什麼？什麼什麼什麼什麼、說什——麼？教訓？很行嘛！妳只不過是個膽小鬼而已！」

妳說啥！堇準備起身，北村趕緊拚命壓住她的手。大河以更尖銳的聲音大喊：

「只會說大話！只會擺出一副聖人的模樣！害怕受傷也害怕傷人！妳的膽小、卑鄙傷了北村同學！我饒不了妳！絕、對、饒、不、了、妳！」

被竜兒緊緊抱住的大河仍然繼續亂踢，而且邊踢邊喊：

「膽小鬼！卑鄙！沒種面對自己的內心！膽小鬼膽小鬼膽小鬼膽小鬼膽小鬼！」

「膽小鬼也無所謂，妳只是單純的暴力狂！」

「至少比妳這個逃犯好！說啊！如果不願意接受北村同學的心意，就說討厭他啊！說啊！說——！」

「閉嘴————————！！！」

堇跳起來準備踢人，掉落的室內鞋正好命中大河的臉。大河按著臉，反射地縮起身體。

堇用斷斷續續的聲音說道：

「我……我沒辦法撒謊！所以……我不說！」

堇改變作戰方式，脫下另一隻室內鞋用力丟出去，可是偏離目標，撞到置物櫃掉落。

「妳……逢坂妳懂什麼！妳對我的事知道多少？如果我能像妳一樣當個單純的笨蛋，我也很想當啊！我也想當笨蛋啊！也想變成笨蛋、直直向前衝啊……！」

抽搐的聲音變得沙啞，彎下身體的堇以焦躁的語氣繼續說：

「如果說出喜歡……說了之後！那個笨蛋一定會想要跟著我……！如果他知道我希望他那麼做，他就會為了我那麼做！他一定會無所謂地放棄許多東西！他就是那種人！所以……所以！所以我不能當笨蛋！」

痛苦扭動身子的同時，比血還濃的眼淚從完美無瑕的學生會長臉上滴落。堇不停甩頭，好像不願意承認，可是不管怎麼甩，淚水還是止不住，脫口而出的話語與思念也停不下來。扭曲一張臉、沙啞的喉嚨不斷叫喊，哭吼著自己無能為力的心意：

「我也……想當……笨蛋……！可是……怎麼樣也……怎麼樣也、怎麼樣也、怎麼樣也……！辦、不、到……啊……啊……」

為什麼之前沒有注意到？狩野堇也只是個十八歲的小鬼而已。

竜兒獨自想著：大家都是小鬼，這不是笨不笨的問題。都是因為大家只是小鬼，前進的路上不能如願，所以只能哭喊。打從一開始就是這樣。

事情演變到這個地步，老師也介入收拾殘局。

有人擔心地湊近堇的臉，確認受傷情況，也有人抓住同時受傷的大河手腕。竜兒反射地伸手打算搶回來，可是對方瞪了竜兒的臉一眼，結果竜兒與大河的手就在空中揮舞，然後分開。大河被強行帶出走廊、帶往某個地方去了。

這群小孩子只是呆站在原地——

「會長真的很溫柔。」

「北……」

「我打從心底喜歡妳！能夠遇到妳真是太好了！能夠喜歡上妳……愛上妳，真是太好了！我不後悔！非常謝謝妳！」

兩人以滿是淚水的臉凝視彼此。北村深深鞠躬，像要拋棄一切，為了自己小聲說句：

「再見了。」接著跟在被強行帶走的暴動分子後面離開。總是要有人說明整件事。

準備把堇送到保健室的老師看著竜兒的臉。不曉得是大河拚命掙扎，還是為了保護大河而被堇打傷，就在竜兒自己也沒注意到時，他的嘴唇裂了、臉頰上也有許多擦傷。竜兒八成也會被送到保健室。

等到當事者全部離開之後，三年級升學班的教室裡，只剩這群不應該在這裡的二年C班同學。「來幫忙整理教室吧？」猶豫的某人彎下腰，突然發現——

「咦……學生手冊？」

「誰的？」

為了確認主人，學生手冊在眾人注視之下打開，上頭寫著「逢坂大河」。

「是老虎的……剛才掉的。」

「幫她收好，別弄丟了。高須同學……啊、對喔。」

「誰先拿著吧？啊。」

「啊。」

大家不是想要偷看，只是想確認名字就闔起來。可是有重量的膠膜外皮黏在拿著手冊的人手上。眾人偶然看見外皮內側——只是如此而已，接著便一起陷入沉默。

學生手冊的外皮內側，在折疊的塑膠套中，小心翼翼夾了一張照片。大家都看到了。那是校慶那天晚上，兩人一起跳舞的照片。然後大家也知道了，那股思念對大河來說，重要到希望收在學生手冊裡面隨時帶著走。

沒錯，甚至重要到北村被甩之後，她要過來把對方痛打一頓。

「真的、喜歡啊……」

不是流言、不是玩笑話。那股愛戀化為一位少女的真實，暴露在陽光之下。拿著學生手冊而沉默的某人，此時注意到跳舞的照片底下還有另一張照片——

「這個就由我先保管。」

還沒有機會確認，手冊已經被人一把搶走。把大河的學生手冊塞進口袋，露出略帶憂鬱的微笑，有如智慧天使的人正是亞美。

「來吧，大家一起幫忙收拾。嗯……各位學長姊，很抱歉造成這場騷動，我們班上的老虎真是太……」

「不不不，不是川嶋的錯。」

「是啊，別擔心，打起精神來！」

只要亞美稍微支吾、垂下眼睫毛，大概就會變成這樣。接著二年C班的同學也和三年級學長姊一起收拾善後。只有一個人直挺挺站立不動，亞美注意到那個人，稍微瞇起眼睛。

実乃梨不曉得在思考什麼，臉上不見平常的開朗笑容。像是突然想到什麼，接著蹙眉打算忘記什麼，然後又搖搖頭。亞美看到她的模樣，大概懂了。

亞美原本準備起身，不過還是作罷，又蹲回去收集散落在地的講義。可是她注意到口袋裡學生手冊的重量，再次停下手上動作，想起那個可恨傢伙的平常模樣，亞美也和此刻的実乃梨一樣呆立原地，臉上毫無表情。她才不同情呢！雖然不同情——

「……」

亞美站起來，像貓一樣不發出聲音走近站在原地的実乃梨耳邊輕聲說句：

「罪惡感消失了嗎？」

「咦……」

実乃梨轉過頭，睜大眼睛。看到実乃梨表情的瞬間，亞美後悔自己說出這句話，胸口感到意外沉重，但是她不想讓実乃梨發現。亞美拋下站在那裡的実乃梨，在眾人不注意時，不發出聲音、若無其事溜出三年級教室。

她一個人在走廊上拚命狂奔，跑下樓梯來到擺放果汁自動販賣機的寬廣樓梯轉角。

「……！」

躲入販賣機之間的縫隙，亞美靠著牆壁「鏗！」用額頭撞牆。

自己說了蠢話。要是沒說就好了。那種說法是準備看好戲嗎？明明想變成更能幹的人，原本是這麼想的，也這麼努力，還是辦不到。「鏗！鏗！」又撞了兩次。

沒錯。

不只同情，也有幾分是對她的嫉妒。還有更多各式各樣的……思緒交雜在一起，自己已經不曉得該怎麼做。她不知道自己想要怎麼做，也弄不清楚，怎麼做都不對。

完全沒辦法如願。無法改變，沒辦法變成想要的樣子。

把頭撞向無人空間，讓人感到不舒服的聲音又響了三聲。

実乃梨顧著發呆，手被正在收拾的花瓶碎片割傷。

醫生一開始雖然說堇可能鼻梁骨折，但在照過X光之後，卻發現骨頭毫無異常，驚人的骨質密度令醫生也為之愕然。她的臉與前陣子的北村一樣滿是瘀青，並且以這張臉迎接最後上學日，與抱不完的花束一起告別高中生身分，並在兩天之後搭上由日本飛往美國的飛機。

北村取代竜兒成為校內第一的「可憐男」。學生會長的寶座也一併到手。

竜兒整整三天頂著要打馬賽克的可怕臉蛋。傷口倒不要緊，可是臉看起來就像剛關出來的流氓。雖說泰子不曉得為什麼，看到兒子這張臉之後興奮到不行……

大河則是停學兩週。原先應該是退學，可是狩野家的父母表示堇也有動手，怎麼可以只有堇安然無事去留學，可是大河卻要退學。如果要將大河退學，就不讓堇去留學——於是協議從輕處分。到了最後逢坂家的監護人也沒有現身，一切聯絡都是透過祕書。大河之後也和單身一起去狩野屋超市送禮道歉，好好低頭謝罪，取得原諒。在回家的路上，遇見因為擔心而來迎接大河的高須母子。

戒菸八年的單身抽了一根菸，眉間消不去的皺紋又多了一條。

冬天的獵戶座，今天也在他們的頭上閃耀。

＊＊＊

竜兒從沒有大河的學校回家，遍尋不著泰子的蹤影，心想大概去便利商店了吧？於是便到自己房間掛起制服。

越過窗子看到大河的寢室。「那個笨蛋。」竜兒輕輕嘖了一聲。明明已經是冬天，大河房間的窗戶和窗簾依然大開，似乎是躺在床上睡覺。竜兒沒辦法看到整個房間內部，只能從床邊沒穿襪子的放鬆腳尖加以判斷。

「啊——真是的……那樣不冷嗎？」

打手機打算叫醒她，但是寢室裡好像沒聽到手機聲響。停學在家反省卻一副沒事的樣子睡午覺……這也太過悠哉了。

竜兒探出窗子，一面注意不打擾鄰居，一面大叫：「喂！會感冒啦！要睡覺把窗戶關上！」只見大河的腳尖翻了過去，但是似乎不打算起床。竜兒只好心想：讓她去吧。

「真是懶鬼……」

可是又想到大河如果生病，照顧她的人可是自己——於是竜兒直接穿著制服出門。按家裡的門鈴總會醒來吧？如果醒來，就順便找她一起去買東西。記得今天是魚的特賣日。

進入大理石入口大廳，不顧一切狂按門鈴。左手拚命按著門鈴時，竜兒想起圍巾又被大河拿走。雖然想叫她歸還，可是我耐得住大河的「好冷好冷攻擊」嗎？

此時的圍巾正輕柔圍在床上的大河肩膀。其實大河本來就醒著，她終於受不了門鈴的連續攻擊，坐起身來。

彈簧床的彈性讓隨意擺在床邊的一疊紙掉落。那是學校命令用來寫悔過書的稿紙以及兩張明信片。

明信片是囉哩囉嗦的單身一邊說：「雖然不是學校指定……」一邊遞過來的。一張要寫給美國的狩野堇加以道歉，另一張是寫給單身，內容不限。大河雖然沒有義務照著單身的話做，擺到一旁也無所謂，可是她實在太閒，於是決定隨便寫點什麼。給狩野堇的內容早已經決定，問題是給單身的那一張。什麼都不寫，或是畫上惹人厭的骷髏圖樣未免太幼稚，於是她決定不寫任何討厭的內容，只用單一顏色塗滿明信片。

躺在床上想著要塗什麼顏色，從敞開的窗子看見天空和雲朵，然後望著高須家的窗戶。
直到現在還是無法決定顏色。

＊＊＊

某一天，一張明信片寄到狩野菫與留學生朋友分租的小房間。沒有寄件人姓名，但是翻到背面看見內容，馬上知道是誰寄來的。
背面只寫了兩個字——笨蛋。
自從來到這個國家就不太有精神的菫突然起身，像大叔一樣發出豪邁的笑聲，嚇得同年紀的室友連午餐便當都掉在地上。

後記

星期五的晚上八點，我在家庭餐廳，原本有點擔心「挑在晚餐時間，餐廳裡恐怕沒位子吧？」但是店裡卻相當空曠。不太會有人特地選在週末來家庭餐廳吃晚餐……雖然說很好吃……雖然說很便利……雖然說飲料吧喝到飽……雖然說我這副德性，工作卻很能幹。我是竹宮ゆゆこ……連土司上面都會抹上鱈魚子喔……塗上奶油，再鋪上海苔……

回歸正題。購買《TIGER×DRAGON6!》的各位，一路陪伴我走到現在的各位，我在這裡由衷感謝你們！沒用又不成熟的我，竟然也寫到了第六集！能夠寫這麼長，也是託各位的福，一直支持這個系列，真的幫了我很大的忙！如果讀者們能夠因此開心度過閱讀時光，對我來說就是無上的喜悅！

此外還有一件非常糟糕的大事，聽說本書或許是我二字頭的最後一本作品。如果各位也支持下一集，到時見面我已經是三、十……應該吧？有這種可能，可能性並非零。如何？怎麼樣？嗯，唉，我也不知道啦……

話雖如此，我已經做好某種程度的覺悟，準備跨入三十歲的世界。因為這陣子和同輩女性友人見面時，聊的話題總是「保險」、「癌症健診」、「遺產繼承」、「存款利息」、「年金」、「通貨膨脹」、「吵得沸沸揚揚的事件、事故」……啊、還有藝人結婚、離婚、生小孩等。明明不認識，卻對人家的對象品頭論足。儀式氣不氣派、禮服怪不怪、喜宴看起來好不好吃、這樣那樣……就算沒喝酒也能聊上四、五個小時，這樣已經沒救了吧？連自己都袒護不了自己。面對年齡增長，我宣布投降。任由時間流逝，不加以抵抗，並且採用武田家的戰術——空虛如風、憔悴如林、燃燒殆盡如火、肥胖如山。這就是女人的風林火山！我自己的喪葬費，用我的保險支付！

我還買了膚色的老太婆內衣！花了快四千圓，好貴喔！可是便宜的老太婆內衣對上了年紀的女性來說不夠保暖，還會造成皮膚搔癢難耐！我的身體需要更高級的老太婆內衣！

就是這樣，希望各位務必支持下一本《TIGER×DRAGON7!～ゆゆこ三十歲篇～》！

非常謝謝各位閱讀到最後！還有責任編輯&ヤス老師，今後也請多照顧我這個老人家……

竹宮ゆゆこ

Kadokawa Light Novels

ROOM NO.1301 1~5 待續

Kadokawa Fantastic Novels

作者：新井輝　插畫：さっち

異想天開的1305新房客西奈
神秘舉動再次襲捲習慣新生活的健一！

自認平凡的高中生絹川健一無意撿到一把鑰匙，此後人生大不相同！不僅要周旋在女朋友、美女藝術家、親姊姊、神秘美少女之間，如今又要面對不按牌理出牌、莫名其妙的新房客，陪著她上街頭表演。健一不禁大嘆：我不適合談戀愛！

台湾角川

各 NT$180~220/HK$50~60

國家圖書館出版品預行編目資料

TIGERxDRAGON! / 竹宮ゆゆこ作 ; 黃薇嬪譯. --
初版. -- 臺北市 : 臺灣國際角川, 2007. 09-
冊 ; 公分. -- (Kadokawa fantastic novels)

譯自 : とらドラ!
ISBN 978-986-174-473-5(第4冊 : 平裝). --
ISBN 978-986-174-645-6(第5冊 : 平裝). --
ISBN 978-986-174-875-7(第6冊 : 平裝)

861.57 96015825

Kadokawa
Fantastic
Novels

TIGER×DRAGON 6！

（原著名：とらドラ6！）

2008年11月4日　初版第1刷發行
2022年5月30日　初版第6刷發行

作　　者：竹宮ゆゆこ
插　　畫：ヤス
日版設計：荻窪裕司
譯　　者：黃薇嬪

發 行 人：岩崎剛人
總 編 輯：蔡佩芬
副總編輯：朱哲成
設計指導：陳晞叡
印　　務：李明修（主任）、張加恩（主任）、張凱棋

發 行 所：台灣角川股份有限公司
地　　址：104台北市中山區松江路223號3樓
電　　話：（02）2515-3000
傳　　真：（02）2515-0033
網　　址：www.kadokawa.com.tw
劃撥帳戶：台灣角川股份有限公司
劃撥帳號：19487412
法律顧問：有澤法律事務所
製　　版：尚騰印刷事業有限公司
ＩＳＢＮ：978-986-174-875-7